我在

张晓风 著

作家出版社

图书在版编目（CIP）数据

我在 / 张晓风著 .—北京：作家出版社，2021.6
（张晓风经典散文）
ISBN 978-7-5212-1249-5

Ⅰ.①我… Ⅱ.①张… Ⅲ.①散文集－中国－当代 Ⅳ.① I267

中国版本图书馆 CIP 数据核字（2020）第 261287 号

本著作物经作家张晓风授权，由作家出版社在中国大陆出版、发行中文简体字版本。

我在

作　　者：张晓风
责任编辑：省登宇　周李立
装帧设计：琥珀视觉
出版发行：作家出版社有限公司
社　　址：北京农展馆南里 10 号　　邮　　编：100125
电话传真：86-10-65067186（发行中心及邮购部）
　　　　　86-10-65004079（总编室）
E-mail:zuojia @ zuojia.net.cn
http://www.zuojiachubanshe.com
印　　刷：北京盛通印刷股份有限公司
成品尺寸：142×210
字　　数：170 千
印　　张：7
版　　次：2021 年 6 月第 1 版
印　　次：2021 年 6 月第 1 次印刷
ISBN　978-7-5212-1249-5
定　　价：35.00 元

目 录
CONTENTS

行至人生的中途①

——《我在》中的晓风

齐邦媛

在这本新书里，晓风仍在持续地写生命的喜悦。我喜、我悲、我贪恋、我舍弃……都因为"我在"。

但是明眼人一看便知，这里的"我"已不是十八年前写《到山中去》的晓风，也不是步上红毯步下红毯的晓风，而是一个"行至人生的中途"，开始写《矛盾篇》的成名作家。

---

① "行至人生的中途"引用但丁《神曲》第一部开篇第一句"Midway in our Life's journey……"，记述他"在密黑林中迷途……突然在一山前抬头看到天上的光辉……引领他去探索人生的苦难与救赎"。当时但丁三十五岁。

两年前，《再生缘》的后记中，晓风说白居易晚年渴望别人认识他更多的层面。"气的是别人似乎已把'完整的白居易'变成'有限的《长恨歌》'。"——她说："喜欢岁月和风霜的感觉……更心许的却是今日的自己。"

晓风何幸生为现代女子！用现代名词说，岁月和风霜对她只有建设性的积极意义。象征着消极的刚强和愚忠的王宝钏寒窑的十八年岁月，到了一千年后晓风的手里竟然孕育了小说两本、散文九本、戏剧八本、杂文六本，每本都赢得持久的掌声和回响。也是在《再生缘》后记中，她提到那由绣楼上有天真激情的青年女子变到在土岩沙尘中挖野菜的王三姐。晓风没有加一字评语，但是她必然庆幸这一代的女子能够把天真的激情化作动人的文字，更不必浪费全部的青春在挖野菜之后接受那愚蠢的、屈辱的团圆。这些年中她在爱中莳花种树啊。

晓风常被称为"善变的作家"，因为她除了擅写抒情散文外，也曾用别的文体，来表达了她对人生的意见。一九七一年到一九七七年她似乎全心投入地写了八种古典新编的剧本，而且台上台下地参与它们的演出。其中《武陵人》一剧尤其突出，剧中强调桃花源的理想与现实的冲突，引起了极大的讨论热潮，正反两面的意见都很强烈。晓风在《幼狮月刊》

的一篇访问记《〈桃花源记〉的再思》中说她认为："一个现代剧作家考虑题材的时候，不必捧着传统的金科玉律……他只需想：'我想在这出戏里说些什么。'"

由种种迹象看来，对晓风而言，无论用什么文体，"说些什么"是最重要的事，她也一向是有意见的、有话要说的人。在剧本之后，她突然以"桑科"为笔名，写了一些短小精悍的杂文，用极轻快的嬉笑怒骂方式讽刺社会的一些现象。一九八一年左右文坛上又出现了一个笔名"可叵"的作者，用辛辣的嘲讽，巧妙的比喻、象征，写了不少关怀时事、棒喝沉迷的短篇，其中有许多篇假想孔子生当今世会反应如何的妙文，如《孔子是怎么死的？》《孔子点名记》《孔子郊游记》《夫子违禁记》和《孔子说：给他穿上……》等等；另有些篇故意采取受害者小市民的低姿态的，如《窦娥不冤，我冤》《当可叵生气的时候》等，每在报纸副刊登出，必引来一阵会心的笑声，而纷纷打听，这个有趣的"可叵"是谁呀？当然，在人烟稠密的台湾，很少人能隐藏这种"秘密"，一九八二年可叵杂文集《幽默五十三号》和《通菜与通婚》出版的时候，不但有张晓风的真名、简历，还有一幅很像男生的速写像呢。这个"发现"更加令人赞叹晓风关怀面之广、想象力之丰富和笔锋之锐利了。游刃于各种文体之间，晓风不仅说了她想说的话，也增添了写作的层面。不必担心别人把完整的张晓风局限在有限的红毯上。

她自己曾更清楚地说过："一个作者像水源，温柔的蕴藏的地下水源，他可以被凿成池，也可以被汲成井，可以被顺成溪圳，也可以被输送成自来水——反正他是水，可以饮、可以鉴照、可以作为野水自横，至于他是井水是塘水又何关要旨呢？"

到目前为止，晓风的创作水源灌注最丰沛的仍是抒情散文。在取材、布局和文字方面处处可见艺术的胜利。每篇都充满了精彩的例子，却又不能单独挑出来，因为晓风定稿前（甚至下笔前）似已把沉闷、松懈、重复的部分淘汰了。我们读到的是结构圆融、环节稳密的作品。谁能由已经精练的整体中抽出一肢让它代表全貌？譬如在这本新书中，《沸点及其他》写的是强烈的美感。但是我怎么能说明白花与沸腾的关系呢？唯一的办法就是自己由《沸点之一》读起，穿过所有的光、热和颜色的意象，想象白头翁疯狂的叫声，直到结尾点明是三月，在春天……

再如《丝绵之为物》，由"真的好缠绵啊！"开始，到"我已经决定原谅客中的冬日……"结束，写的是怎样温婉而深沉的客中情怀啊！及至看到《专宠》这标题，有人必会想："这些女作家，必又写些情啊爱啊的了。"而直读到她说："我曾手植一株自己，在山的岩缝里。"你又怎么想呢？

但是读者却绝不可被晓风这优雅柔美的一面所哄骗。她是充满了感恩之心的，没错，时时不忘感谢天恩、国恩、亲恩、夫妻的恩情、朋友的情谊。自然的美景即是天恩的一种形式。随着年岁的增长，她把八岁与父亲别离来台的心情扩大为家国之大爱；中文系的"功课"更加强了她对民族文化的尊敬；信奉基督教更扩展了爱人类的心胸。这种种悲悯、关怀在晓风文中激荡成为曾昭旭教授序《再生缘》中所称的"宇宙情怀"。她著名的《十月的阳光》中使她在阅兵台下愤怒哭泣的是这种情怀。她对台北物质沉迷的忧愤中，也有基督教《圣经》中耶稣推翻神殿中钱柜的意义。用同样的情怀，她写本书中"扛负一句叮咛的人"赠别索尔仁尼琴，讲述的是岳飞的故事。《河出图》中她仅只是去看了黄河的摄影展，不能回归民族根源的痛苦竟使她感到"五内挖净似的空虚"。

仅有此种情怀不够，尚须有此等笔墨！

晓风邀我写此序时，盼我用西方文学观点看看她的作品。最先引起我兴趣的是书中的《矛盾篇》。不久前刚刚为写一篇论文读到一本文学评论集名曰《矛盾篇》（*Contraries*，1980），作者欧茨（Joyce Carol Oates，1938—　）是美国杰出女小说家，普林斯顿大学教授。她认为许多不同凡响的成就都是受了相互冲击的矛盾对立力量的激发而致。她引用英国浪漫诗人布莱克（William Blake，1757—1827）在《天堂与地狱之婚》中开宗明义的主张："没有矛盾冲突就没有进步，也没有吸引与排斥，没有理性与力量。爱与恨都是生命中不能缺少的。"由行动、奋斗、热情，激荡而生的力量就是生命。

比较而言，中国文化的传统是赞成和谐的。中文系出身的晓风是以怎样的心情写她的《矛盾篇》的呢？当不只是如余光中在《亦秀亦豪的健笔》中所说她"不自囿于所谓'旧文学'……对于西方文学颇留意吸收……"而已吧？人世种种矛盾、无奈，是难逃慧心者的思索的。早在十八年前，在小说集《哭墙》的自序里，晓风已说："我常常是欢欣的，我常常流泪。我是幸福的，但看到那些贪婪的脸、那些阴鸷的脸、那些肉欲的脸，我的心就下沉。"所以她这本小说是一本"咸涩的书……它不供人欣赏把玩"。

剧本《武陵人》中的白衣人和黑衣人当然也是代表人生中的对立与矛盾，在这方面，晓风似更接近布莱克，而与中国的阴阳消长观念不同。在《天真无邪与经验之歌》中，布莱克道尽堕落世界的伪善和丑恶，但是天真无邪的假象也不能持久，终必进入经验世界，上天创造这两种对立的世界，人人不能逃遁。唯有智者能超越，能通过经验世界的折磨进入更高层次的无邪世界。这也许正似但丁必须先走遍地狱十八层才能经炼狱净界上升天空接受爱的指引吧。

晓风的《矛盾篇》中，至今尚未见极端尖锐的矛盾与对立，也尚未触及堕落、救赎的宗教主题。她在《矛盾篇》中由正反两面看的仍是人间关怀。以她的才华和关怀面之广，必然会继续探测各种事物的繁复性。如在《爱我多一点，爱我少一点》文中，所请求的是将小我的爱加深拓宽至大我之爱。正反两面都有理。若能执中融合，会促使原来略显单薄、主观的感想和愿望增强内涵，即是布莱克所鼓吹的"进步（Progression）"。若是如此，晓风的《矛盾篇》显示的是一种包容、勇气，是更成熟的智慧。她原已有的爱心穿过丑恶与伪善等等现实，能进入真正宇宙情怀的悲悯，达到更高的境界。

而如今晓风刚过了但丁所说的"行至人生的中途"的年纪，该是与青年大梦告别的时候，而进入西方"梦"之积极、有强烈信心和稳定目标的阶段，如她在《我要去放风筝》中梦醒后，"不再是梦里的我"，思量着在世上"只要兴兴头头地知道自己要去做一件事情"不知够不够。其实，晓风一直在做些有益世道人心的、具体的、启发别人的事。梦中的风筝无论象征什么，兴兴头头地去放它飞起吧。

可是就"文章千古之大业"而论，我倒一再思索晓风在《酿酒的理由》一篇中所等待的"变"。果汁在变酒的过程中，和世事的沧桑一样是不安的、酝酿的，是"一项奥秘一度神迹……把时间残酷的减法演算成仁慈的加法"。

我又想到但丁，他若未写《神曲》，世人大约不会在千百年后仍一本正经地去研读他歌颂爱情的少作《新生》。近代西方文学已甚少人写单篇的抒情散文了，世道变了，人心变了，但是像晓风这样优美的写情写景的文章却嵌在《呼啸山庄》、康拉德的小说、狄更斯的故事里使它们万世不朽，伍尔芙的意识流小说《到灯塔去》等其实全是"晓风体"的散文串成。而他们全没有晓风在《〈山海经〉的悲愿》中所揭示的大悲悯，西方没有这等万世常在的民族关怀，他们没有我们遭逢这般沧桑，能在僻书中亦寻见处处泪痕——因此我期待、我祝福晓风再变时写的是掌声以外的大篇章。

一九八四年八月　台北

我在（代序）

　　记得是小学三年级，偶然生病，不能去上学，于是抱膝坐在床上，望着窗外寂寂青山、迟迟春日，心里竟有一份巨大幽沉至今犹不能忘的凄凉。当时因为小，无法对自己说清楚那番因由，但那份痛，却是记得的。

　　为什么痛呢？现在才懂，只因你知道，你的好朋友都在那里，而你偏不在，于是你痴痴地想，他们此刻在操场上追追打打吗？他们在教室里挨骂吗？他们到底在干什么啊？不管是好是歹，我想跟他们在一起啊！一起挨骂挨打都是好的啊！

　　于是，开始喜欢点名，大清早，大家都坐得好好的，小脸还没有开始脏，小手还没有汗湿，老师说：

"×××。"

"在！"

正经而清脆，仿佛不是回答老师，而是回答宇宙乾坤，告诉天地，告诉历史，说，有一个孩子"在"这里。

回答"在"字，对我而言总是一种饱满的幸福。

然后，长大了，不必被点名了，却迷上旅行。每到山水胜处，总想举起手来，像那个老是睁着好奇圆眼的孩子，回一声：

"我在。"

"我在"和"某某到此一游"不同，后者张狂跋扈，目无余子，而说"我在"的仍是个清晨去上学的孩子，高高兴兴地回答长者的问题。

其实人与人之间，或为亲情或为友情或为爱情，哪一种亲密的情谊不是基于我在这里，刚好，你也在这里的前提？一切的爱，不就是"同在"的缘分吗？就连神明，其所以为神明，也无非由于"昔在、今在、恒在"，以及"无所不在"的特质。而身为一个人，我对自己"只能出现于这个时间和空间的局限"感到另一种可贵，仿佛我是拼图板上扭曲奇特的一块小形状，单独看，毫无意义，及至恰恰嵌在适当的时空，却也是不可少的一块。天神的存在是无始无终浩浩莽莽的无限，而我是此时此际此山此水中的有情和有觉。

有一年，和丈夫带着一团的年轻人到美国和欧洲去表演，我坚持选崔颢的《长干曲》作为开幕曲，在一站复一站的陌生城市里，舞台上碧色绸子抖出来粼粼水波，唐人乐府悠然导出：

> 君家何处住？妾住在横塘。
>
> 停船暂借问，或恐是同乡。

渺渺烟波里，只因一错肩而过，只因你在清风我在明月，只因彼此皆在这地球，而地球又在太虚，所以不免停舟问一句话，问一问彼此隶属的籍贯，问一问昔日所生、他年所葬的故里，那年夏天，我们也是这样一路去问海外中国人的隶属所在的啊！

《圣经·旧约》里记载了一则三千年前的故事，那时老先知以利因年迈而昏聩无能，坐视宠坏的儿子横行。小先知撒母耳却仍是幼童，懵懵懂懂地穿件小法袍在空旷的大圣殿里走来走去。然而，事情发生了，有一夜他听见轻声呼唤：

"撒母耳！"

他虽瞌睡却是个机警的孩子，跳起来，便跑到老以利面前：

"你叫我？我在这里！"

"我没有叫你，"老态龙钟的以利说，"你去睡吧！"

孩子去躺下，他又听到相同的叫唤：

"撒母耳！"

"我在这里，是你叫我吧？"他又跑到以利跟前。

"不是，我没叫你，你去睡吧。"

第三次他又听见那召唤的声音，小小的孩子实在给弄糊涂了，但他仍然尽快跑到以利面前。

老以利蓦然一惊，原来孩子已经长大了，原来他不是小孩子梦里听错了话，不，他已听到第一次天音，他已面对神圣的召唤。虽然他只是一个稚弱的小孩，虽然他连什么是"天之钟命"也听不懂，可是，旧时代毕竟已结束，少年英雄会受天承运挑起八方风雨。

"小撒母耳，回去吧！有些事，你以前不懂，如果你再听到那声音，你就说：'神啊！请说，我在这里。'"

撒母耳果真第四度听到声音，夜空烁烁，廊柱耸立如历史，声音从风中来，声音从星光中来，声音从心底的潮声中来，来召唤一个孩子。撒母耳自此至死，一直是个威仪赫赫的先知，只因多年前，当他还是稚童的时候，他答应了那声呼唤，并且说：

"我，在这里。"

我当然不是先知，从来没有想做"救星"的大志，却喜欢让自己是一个"紧急待命"的人，随时能说：

"我在，我在这里！"

这辈子从来没喝得那么多，大约是一瓶啤酒吧，那是端午节的晚上，在澎湖的小离岛。为了纪念屈原，渔人那一天不出海，小学校长陪着我们和家长会的朋友吃饭，对着仰着脖子的敬酒者你很难说"不"。他们喝酒的样子和我习见的学院人士大不相同，几杯下肚，忽然红上脸来，原来酒的力量竟是这么大的。起先，那些宽阔黧黑的脸不免有一分不自觉的面对台北人和读书人的卑抑，但一喝了酒，竟人人急着说起话来，说他们没有淡水的日子怎么苦，说淡水管如何修好了又坏了，说他们宁可倾家荡产，也不要天天开船到别的岛上去搬运淡水……

而他们嘴里所说的淡水，在台北人看来也不过是咸涩难咽的怪味水罢了——只是于他们却是遥不可及的美梦。

我们原来只是想去捐书，只是想为孩子们设置阅览室，没有料到他们红着脸粗着脖子叫嚷的却是水！这个岛有个好听的名字，叫"鸟屿"，岩岸是美丽的黑得发亮的玄武石组成的。浪大时，水珠会跳过教室直落到操场上来，澄莹的蓝波里有珍贵的丁香鱼，此刻餐桌上则是酥炸的海胆，鲜美的小鳝……然而这样一个岛，却没有淡水。

我能为他们做什么？在同盏共饮的黄昏，也许什么都不能，但至少我在这里，在倾听，在思索我能做的事……

读书，也是一种"在"。

有一年，到图书馆去，翻一本《春在堂随笔》，那是俞樾先生的集子，红绸精装的封面，打开封底一看，竟然从来也没人借阅过，真是"古来圣贤皆寂寞"啊！心念一动，便把书借回家去。书在，春在，但也要读者在才行啊！我的读书生涯竟像某些人玩"碟仙"，仿佛面对作者的精魄。对我而言，李贺是随召而至的，悲哀悼亡的时刻，我会说："我在这里，来给我念那首《苦昼短》吧！念'吾不识青天高，黄地厚，唯见月寒日暖，来煎人寿'。"读那首韦应物的《调笑令》的时候，我会轻轻地念："胡马，胡马，远放燕支山下。跑沙跑雪独嘶，东望西望路迷。迷路，迷路，边草无穷日暮。"一面觉得自己就是那从唐朝一直狂驰至今不停的战马，不，也许不是马，只是一股激情，被美所迷，被莽莽黄沙和胭脂红的落日所震慑，因而心绪万千，不知所止的激情。

看书的时候，书上总有绰绰人影，其中有我，我总在那里。

《旧约·创世记》里，堕落后的亚当在凉风乍至的伊甸园把自己藏匿起来。

上帝说：

"亚当，你在哪里？"

他噤而不答。

如果是我，我会走出，说：

"上帝，我在，我在这里，请你看着我，我在这里。不比一个凡人好，也不比一个凡人坏，我有我的逊顺祥和，也有我的叛逆凶戾，我在我无限的求真求美的梦里，也在我脆弱不堪一击的人性里。上帝啊，俯察我，我在这里。"

"我在"，意思是说我出席了，在生命的大教室里。

几年前，我在山里说过的一句话容许我再说一遍，作为终响：

"树在。山在。大地在。岁月在。我在。你还要怎样更好的世界？"

第一辑　酿酒的理由

酿酒的理由

春天，柠檬还没有上市，我就赶不及地做了两坛柠檬酒。

封坛的那天，心情极其慎重，我把那未酿成的汁液谛视良久，终于模糊地搞清楚自己为什么那么急、那么疯。

理由之一是自己刚从国外回来，很想重新拥有一份本土的芳醇。记得有一天，起得极早，只为去小店里喝一碗豆浆，并且吃那种厚实的菱形烧饼，或者在深夜到和式的露店里吃一份烤味噌鱼的消夜。每走在街上，两侧是复杂而"多元化"的食物的馨香。多么喜欢看见蒙古烤肉在素食店的隔壁，多么喜欢意大利饼和饺子店隔街对望，多么喜欢汉堡和四神汤各有其食客。对我而言，这种尊重各种胃纳的世界几乎就已经是大同世界的初阶了。爱一个地方的方法极多，其中最简单而直接的方法之一是"吃那个地方的食物"。对我而言，每一种食物都有如南洋的榴莲——那里的华人相信，只有爱上那种异味的人，才会真正甘心在那里徘徊流连。

如果一个人不爱上万峦猪脚、新竹贡丸、埔里米粉以及牛肉面、芒果、莲雾、百香果，我总不相信他真能踏实地爱台湾。

酿一坛酒就是把本土的糖、红标米酒和芳香喂人的柠檬搅和在一起，等待时间把它凝定成自己本土的气味。

理由之二是酿一坛酒的时候几乎觉得自己就是一个雏形的上帝——因为手中有一项神迹正在进行。古人以酒礼天，以酒奠亡灵，以酒祝婚姻，想必即是因为每一坛酒都是一项奥秘一度神迹，一种介乎可成与可败之间、介乎可掌握与不可掌握之间的万般可能。凡人如我，怎么可能"参天地之化育""缔造化之神功"？但亲手酿一坛酒却庶几近之。那时候你会回到太古，《创世记》才刚刚写下第一行，整个故事呼之欲出，一支笔蓄势待发，整张羊皮因等待被书写一段情节而无限地舒伸着……

理由之三是酒是一种"时间的艺术"，家中有了一坛初酿的酒，岁月都因期待而变得晃漾不安乃至美丽起来。人虽站在厨房的油烟里，眼睛却望着那坛酒，如同望着一个约会，我终于断定自己是一个饮与不饮都不重要的半吊子饮者。对我而言重要的反而是那份"期待的权利"，在微微的焦灼、不耐和甜蜜感中我日复一日隔着玻璃凝视封口之内的酒的世界。

仅仅只需着手酿一坛酒，居然就能取得一个国籍——在名为"希望"的那个国度里，世间还有比这种投资更划得来的事吗？

想当年那些绍兴人，在女儿一出世的时候便做下许多坛米酒埋在地窖里，好等女儿出嫁时用来待客，那期间有多么深婉的情意啊！那酒因而叫"女儿红"，真是好得不能再好的名字，令人想起桃花之坞，想起新荷之塘，想起水上琴弦以及故意俯身探到窗前来的月光，一样地使人再多一丝触想便要成泪。

想那些酿酒的母亲，心情不知是如何的。当酒色初艳，母亲的心究竟是乍喜抑或是乍悲？当女儿的头发愈来愈乌黑浓密，发下的脸愈来愈灿若流霞，大自然中一场大酝酿已经完成。酒已待倾，女儿正待嫁，待倾之酒明丽如女子的情泪，待嫁之女亦芳醇如乍启的激滟，当此之时，做母亲的心情又是怎样的？

而我的柠檬酒并没有这等"严重性"，它仅仅是六个礼拜后便可一试的浅浅的芳香。没有那种大喜大悲的沧桑，也不含那种亦快亦痛的宕跌——但也许这样更好一点，让它只是一桩小小的机密，一团悠悠的期待，恰如一沓介于在乎与不在乎之间可发表亦可不发表的个人手稿。

酿一坛酒使我和"时间"处得更好。每一个黄昏，当我穿过市声与市尘回到这一小方宁静的所在，我会和那亲爱的酒坛子打一声招呼说：

"嗨，你今天看起来比昨天更漂亮了！"

拥有一坛酒的人把时间残酷的减法演算成了仁慈的加法。这样看来一坛酒不只是一坛饮料，而且也是一件法器，一旦有了它，便可以玩出一套奇异的法术：让一切的消失反身重现，让一切的飞逝反成增加。拥有一坛酒的人是古代的史官，站在日日进行的情节前，等待记录一段历史的完成。

酿酒的理由之四是可以凭此想起以前的乃至以后的和此酒有关的友人，这样淡薄的饮料虽不值识者一笑，却也是许多欢聚中的一抹颜色，朋友的幽默，朋友的歌哭，朋友的睿智，乃至于他们的雄辩和缄默，他们的激扬和沉潜，他们的洒脱和朴质，都在松子色的酒光里一一重现。酒在未饮之前是神奇的预言书，在既饮之后则又是耐读的历史书。沿着酒杯的"矿苗"挖下去，你或者掘到朋友的长歌，或者触到朋友的泪痕，至少，你也会碰到朋友的恬淡——但无论如何你总不会碰到"空白"。

如此说来，还不该酿一坛酒吗？

酿酒的理由之五非常简单——我在酒里看到我自己，如果孔子是待沽的玉，则我便是那待斟的酒，以一生的时间去酝酿自己的浓度，所等待的只是那一霎的倾注。

安静的夜里，我有时把玻璃坛搬到桌上，像看一缸热带鱼一般盯着它看，心里想，这奇怪的生命，它每一秒钟的味道都和上一秒钟不同呢！一旦身为一坛酒，就注定是不安的、变化的、酝酿的。如果酒也有知，它是否也会打量皮囊内的我而出神呢？它或者会想："那皮囊倒是一具不错的酒坛呢！只是不知道坛里的血肉能不能酝酿出什么来。"

那时候我多想大声地告诉它：

"是啊，你猜对了，我也是酒，酝酿中，并且等待一番致命的倾注！"

也许酿一坛酒，在四月，是一件好得根本可以不需要理由的事，可是，我恰好拣到一堆理由，特别记述如上，提供作为下次想酿酒时的借口。

礼　物

　　一切受之自天的都是一份礼物吧？那些不曾劳苦的收成，那些不曾伸手的坐享：像松涛、像烟岚、像掠空而过的鹭鸶，像亘古以来一直扑打着黑岩的白浪花，像春来高高的红在峭壁上的野杜鹃，像乍然自峰头涌出的明月，像四月相思林里细细的芳香……

　　人类是不是因此也学会互相馈赠礼物呢？平生碌碌，午夜独坐，检点之际，既无勋业，亦乏道学，只能绕室沉吟，把朋友送的礼物轮番摩挲一遍，心满意足到几乎有了罪恶感。想世方大劫，我却与这些美丽的物品之间有此奇缘，不能不心生感激。算来人间万事莫非缘，母子是缘，夫妻是缘，师生是缘，朋友是缘，连人与山水景观，人与动物、植物、器物之间，缘分不到也就无法勉强聚首。但缘生何日？缘尽何时？思之黯然，算来李清照不能常有她的金石册录，李后主不能常持他的折腰鼎炉，项羽与乌骓终于成诀，三千爱宠的太真妃，撒手处也只能抛下定情时的黄金钿盒。而午夜斗室中的我，又待如何？只有趁此刻物我两无恙的时候，或相赏如腻友，或相忘如道友，偶然提笔为记，也不过假无常的文章记无常的物件而已，其实连那执笔的手也是无常的啊！可是，如果不是由于聚散无常，此刻的聚合又怎会令我颠倒焦急、烦心致意呢？

蝶千种

电话里，晓清要我去拿你的赠书，我一时也当是一本寻常册子。及至拿回来竟着实吓一跳。

紫色丝面装帧，我一度最沉迷的紫罗兰色，用百褶蝴蝶页装订，封面的白签条上有娟秀的书法，写着"蝶千种"。

书是在美国大都会博物馆买的，印刷却是在日本做的，纸质也特别，简直有一种纺织物的质感，书里不着一字，每一页全是大大小小的蝴蝶版画。

看书后的资料，是八十年前的作品，不意八十年前的一番春景春梦，今天竟会翩翩来我腕底。

你在扉页上说，你自己原来也有一套，后来被虫吃了，心疼不已，今番书肆重遇，特购来赠我。那番话使我既感激又惊动，原来小小一本书，有时也不免要遭劫难啊！属于我的这一本如此精致完美，怎么可以一旦物化呢！

不记得在什么地方看过一个故事，有位大师，守着庙里传下来的镇山宝，那宝器似乎是琉璃质的，他不免战战兢兢，唯恐打碎，忽有一日省悟，如果任何宝物能占人之心，夺人之安，要来何用，于是自行掷碎，恢复了无牵无挂的宁定。

那种境界不是我们常人的境界，至少我自己是甘心有所牵挂、有所羁绊甚至有所恐惧有所悲痛的。

拿着你的这本书，喜悦里也兀自不安，不知从什么时候开始，我渐渐相信中国人的残缺哲学。在人世间，一切的完美都令我恍兮惚兮不敢置信，偶见研究室外的草坡上飞过冬候鸟黄山鹤，望着它黄翅上醒目的大白点，也几乎落泪，因为觉得"太好"，太幸福，好得竟不像真的。

太好的东西像天惠，在心情上我只敢相信自己是"暂借"来观赏的人，借期一到，必须还给大化，如此一旦相失，才能自宽。

今夕，重观彩翼，翻着翻着，连八十年前的花香似乎也成阵袭来，我喜欢这份深爱又深惧的忐忑，一时竟不知该抱怨或感谢你的赠礼了。

袜 套

你说："这是我自己打的，刚刚赶完。"

你说："冬天夜晚，坐着写文章，坐久了脚冷，穿上这个，就暖和了，不写文章的人，我是不送的呢！"

你说："你穿穿看，合不合脚？"

那样铁灰色的袜套，拿在手上小舟似的轻巧，一针一针织就的，我在灯下把看，看不尽千编万结后的殷殷情意。

可是，我年长的大朋友啊！文章又岂是能常写的？"诗成泣鬼神"，文章应该是不写则已，一动笔就要参造化泣鬼神的啊！平凡如我，竟敢假文章为名来消受你的礼物吗？这支笔无非写一花之微、一叶之单以及一心的阴晴圆缺罢了！穿着你的礼物使我惶愧啊！

连月梅雨，山屋远眺，群峰时隐时现，我的脚上却有笃定可靠的一份暖意。原来一双毛线袜套是可以如此轻软、如此伸缩自如、如此婉转随人意的啊！

乃想起《世说新语》里的那位爱收藏"屐"的人，把玩之余，他竟叹道：

"想人生一世，究竟又能穿几双屐呢？"

余光中的诗里，也有这样的句子：

一双鞋

能踢几条街？

两者立意虽不同，苍凉则一。

但我的朋友啊，你送我的不是余诗中的鞋，而是一双温暖的袜套，不必去天涯，只需守着一室清馨。也不是晋人收藏的屐，不必有那么沉重的哲学感，它只是一份女子的馈赠，充满现实世界里的亲切的温度。

男人的友谊或者像晋文公和介子推，是足下一双厚重硬实的木屐，而女人的友谊像你我，是一双轻巧柔暖着之无痕的袜套。

三重人

电话里，你说：

"我记得你有一篇小说叫《人环》。"

我说是的，那是自六朝故事改编的，原故事要说的是奇特的法术，使得"腹中人"的腹中又有"腹中人"，合成一串连环套，而我要说的却是爱情世界里"爱而无反馈"的惆怅。

然后你说：

"我买到这样的人环了！有三层，是俄罗斯人做的，一层套着一层！"

听说故事里的人物真的要出现了，不免有点好奇。何况我从来没有一件俄罗斯的礼物，除了小时见过外婆的俄罗斯毯子以外，我对俄罗斯东西是太陌生了。而我曾一度迷死俄罗斯小说的啊！

礼物终于拿到了，木刻的玩意儿，小小的，像个盐罐子。打开来一阵木香。当然不是故事里的六朝人物，是一个手绘的俄罗斯妇人。

妇人绑着正正的红头巾，红头巾直垂到眉头，下巴底下打一个规矩的蝴蝶结，胖胖的圆肚子，一副拘谨守礼、正要去上教堂的模样。

我有时把三个妇人拆开，有时又套回去成一个，仔细听那上下两截木头套紧时的剥剥声。

只是一个小小的玩意儿，只是一个一度流浪的朋友偶然得之市肆的礼物，只是我时而消磨的木偶——但是，不知为什么，竟也能让我想起俄罗斯的大草原，想起契诃夫剧本里和托尔斯泰小说里的俄罗斯，想起索尔仁尼琴魂思梦想的故国。

这倒是一件奇怪的事情。

紫丝巾

为你整理遗物的女孩托人从香港捎来一个小包，我打开来看，是一方紫丝巾，她说是你围巾里最美丽的一条，特别干洗了寄来。

十九岁，就患上淋巴癌，外科手术和钴-60在你细致如诗的颈子上留下疤痕，那以后，二十多年你总系着丝巾。久而久之，丝巾竟成了你的一部分，优柔典雅，永远饱含月光的柔泽。

四十三岁，终于撒手，不会拥有一份属于自己的爱情，却在追思会上拥有每一个前辈同辈和晚辈的心。

我在梦里梦见你打电话给我，正谈着，我却猛然想起你已死，我知道自己必是在做梦，而这样的梦我多么想一直做下去啊！可是我又知道那是不可能的，线于是真的断了，我大哭而醒，并且一直哭得不能停——然后，我真的醒来，发现刚才的"梦中哭醒"原来仍是梦。

我开始对我此刻第二度的醒是不是真醒也有所怀疑了。

或者，浮生也只是一梦，等等我的迟梦，我的早醒的朋友。

至于你的紫丝巾，我一时还想不起用何种情怀待它，我的小屋里本来充满你的赠礼，但我却把这方不经你手的紫丝巾当作最大的赠品，愿我柔和似你，忘我似你，乐见别人的成就似你。

如果有一天，我能像你一样好，或者，我可以无愧地系上那条紫丝巾。

灶形电炉

第一次看到那只电炉，是在曼谷的一所华人教堂里，以后又陆续见过几次，我愈来愈渴望要它。

电炉原不足奇，奇的是这种电炉高约半尺，外表是陶制的，整个呈老式炉灶的形状，使我爱不释手。

有一天，和朋友聊天，不经意说了出来，原来那电炉他也注意到了，那造型的确奇特。

一个月以后丈夫从办公室把那种电炉拿回来。

"哎呀,"丈夫笑起来,"你真是把他害惨了,你说喜欢,他这次路过曼谷真的就跑去买,他又不会泰国话,也真亏他,你猜他怎么搞,他居然拿张纸画了图一家一家指手画脚地去问,也居然就让他买到啦!"

我把那只古意盎然的电炉掂在手里,它的价钱显然不会太贵,但谁又能说出它真正的所值呢,它使我有着受宠若惊的被纵容的感觉。

唉!朋友们,不要待我太好啊!我怕我有一天会像一个给惯坏的孩子,竟视别人的恩情为当然了,小心,不要待我太好啊!

象　铃

那只象铃是木质的,中间一个挖空的木筒,左右是两条活动的木质象鼻配合着两张象脸。象群走动的时候,每一只脖子上都挂象铃,象铃上的象鼻撞着木筒,囊囊地响起来。

在清迈旅行的丈夫看到忙着去找象群的主人。

"卖一个给我好不好?"

他知道我喜欢这种古怪东西，大象的主人肯了，而且索价也只合四十台币。

回到家，我把它挂在风口，当风铃来听，橐橐然的钝声里，泰国清迈古都的风情又重来入目。荒荒悠悠的古老节奏。

因为喜欢那象铃，对丈夫也有了一份知己感，却仍然嘴硬：

"哼，少赖皮，什么送给我的礼物，其实挂在那里，你自己不是也看了，也听了，怎么可以说是送给我的？夫妻间哪有什么礼物，除非是项链、别针，其他东西不都是我们两个人的吗？大一那年，你打赌输了，输给我一本英文四用字典，你那本旧字典上还写着你大大的名字 Peter，我只好把它改成 From Peter to Esther，现在呢，费了半天事，那本字典还不是在'我们'的桌子上吗？做了夫妻还怎么分，打起赌来，输来赢去，还不都落在自己家里，送起礼来，送来收去，还不也都在自己家里。"

他说我不过，只好盯死那一句话：

"不管，反正，当时我是想到你才赶着去找人买的！"

买象铃的人啊，此生此世能否有一天共听驼铃于漠上，共聆牛铃于垄间？再赠我故国北漠的驼铃吧！再赠我可以终老田舍的牛铃吧！赠我——或者赠"我们"吧！

百　合

把那一大把百合抱进山屋来的时候，你整个人都被一片芬芳包围住了。

那时候是冬天，我惊问：

"怎么，百合竟一直开到现在还在开吗？"

你笑起来，一副促狭使坏的表情：

"才不是哩，百合是从现在开始开的，然后一路开下去。"

我真的有点生气了，关于百合的花事，你怎么可以知道那么多，那是我最喜欢的花之一啊！

配着百合，你又买了一大把茴香花，那花也叫"女郎花"，清香柔黄呈伞状，令人看得不忍眨眼。

花插在一只敞口的大陶瓮里，只因陶器仍然保持着红泥的色调，遂使那把花看来像是仍旧长在山野的泥土里。

过了两天，我又赴山屋，为了探探百合和茴香。

又过两天，我又去。

我这样一直看，直看到它们一一萎落。

宋词里有句"一春常费买花钱"，对我而言，买花的钱尚是小事，有时随便拣枝枯根，也可代替鲜花；倒是"一年常费看花时"，每每由于痴坐对花，把正事也不管了，对于看花的人而言，看花就已经是"正事"了，想上帝造花，亦如人类造酒，虽无用却有大用，虽无理却又含至理。

百合谢了，不谢的是那天你抱百合冲进屋来的那份满满满满的感觉。

蟹爪兰

那天早晨，天实在太好，我推枕起来，匆匆对丈夫说：

"我今天要到大屯山那一带去，主要目标是梦幻湖。"

他一时尚未醒透，等他搞清楚，我已经带好四个橙子和两片面包一个蛋走到门口了。

"你别胡闹，你认得路吗？"

"我有书，也有图。"

"你要是走丢了呢？"

"你带警察来找我呀！"

那天我先到阳明山然后换了计程车，很顺利地便到了。一个人对着湖水枯坐，觉得天地间再没有比这更好的事了。

湖水浅浅盈盈，只可惜不见当年的水鸟群了。

不知为什么参禅的人喜欢"面壁"，其实"面水"不是更好吗？水似柔而刚，似无而有，不落形象，而又容纳万象。

看了一上午的湖水，忽然起了兴致，大模大样地走到"地热研究中心"，敲了门，说：

"可不可以给我一份贵中心的资料？"

那时是中午休息时间，来开门的人一时慌了手脚，大概这种深山里的单位绝少碰到这种事。

"资料？好像没有什么资料……"

他一急，便跑上楼去，所谓"楼"，也只是几阶木梯，楼上果真另有其人，楼上下来的人笃定多了：

"资料，没有，可是我可以带你去看地热养鳄鱼，还有地热温室种花。"

他说着，拿了钥匙便带我走。

鳄鱼养得不好，当时不知为什么竟造了旅馆式的有顶的鳄鱼窝，从来不接触阳光的鳄鱼一个个苍苍白白的。

玻璃花房却十分美丽，小小的非洲紫罗兰一盆盆开满一屋子。

"那是蟹爪兰吗？"我一转头叫起来，"怎么现在就开了？"

"这里暖和，它至少要比山下早开一个月。"

　　我走过去看那娇艳的红，觉得整个花的精神仿佛都是给地热催出来的，一份来不及的美。

　　传说中的武则天用火力催花，不管是真是假，反正嫌俗气，但地热催花却雅，走在这样的花房里，只觉有一种看不见的魔力，腾腾而上，而左顾右盼之余，竟恍然觉得自己也参与了神秘的"作法"。

　　"这盆蟹爪兰，如果你喜欢，就带回去吧！"

　　我一时欣喜若狂，虽然每一个花肆里都能买到蟹爪兰，但这一盆不同，它是从神奇的魔术场里搬来的啊，它比全城的花都要早，早整整一个月呢！

　　"你开车吗？"

　　"没有。"

　　"那我替你拿到车站。"

　　山中车次极少，可是，就那么幸运，车子竟来了。我跳上车，坐上我最喜欢的车头位置，整片青山一路相送，我怔怔地看那蟹爪兰，想来它的名字取得真贴切，这花开的时候，硬是有一份横行霸道的美呢！

　　朋友的礼物虽令我衔念，陌生人的礼物却更令我感恩不尽。

自　赠

碰到想花钱而又舍不得的时候，我总要为自己找理由：

"就算是买一份礼物吧，送给自己的礼物嘛，我好久都没有送礼物给自己了，我工作得够认真了，买一份礼物送自己不算过分。"

这种赠礼很多时候是一趟旅行，也有时候是些小器物、小摆设，例如一套茶具。

那茶具是一位现代陶艺家拉坯成型的，价钱一千二，对于一个节省惯了的持家者而言，不免踟蹰。

要不要买呢？那么贵。

可是它是艺术品，如果一幅画卖一千二，你好意思说贵吗？

可是家里也有茶壶的。

但这一把不同，这种酱色的釉不是你最喜欢的吗？这种比功夫茶具大一点的尺码，不正是你想要的吗？

它那么贵，万一失手打碎，一千多块就没了。

那就看你自己了，只要小心，用它一生一世也是可能的啊，就算只用十年，平均一年只花一百二，一月只花十元，但是，想想，一壶茶能带给你全家多少温馨啊！

挣扎的结果是买了它作为自己的礼物。至今用了一年半，我愈来愈喜欢它，用旧的茶壶另有一种柔浑的光泽。

最近送给自己的礼物则是三只火炉，我是一口气把店里的三只全买来了，丈夫看我如此发疯，惊讶不已，私下一直扯我，我也不理他，走出店来我对他说：

"你知道我为什么一口气买三只吗？只因为我放弃任何一只回家都会后悔。"

三只里面有一只是我的旧相识，一年前来逛的时候就想买的。那是一只整块石头凿出来的炉子，其作用虽和洋铁皮的炉子相同，但因是青石凿成的，趣味自然不同，我为买它找了一个好理由，小女儿一向很羡慕人家烤肉，许多家里都有铁质的洋式烤肉架，价钱并不便宜，而这只石头炉子因为从花莲搬运过来摔裂过，只四百元就成交了，这种炉子烤起肉来，因为下面通风，真是方便至极。

另外两只是烘暖的火炉，大的那只因为年久而釉色剥落，只要二百元。小的那只镂花，很精巧，可以放在桌子上，六百元，合计三只炉子一千二百元竟能满室生春，我觉得极为值得。

炉子第一天搬上楼，丈夫自告奋勇去生火，我则跑到街上买炉灰和木炭，那夜一块炭在灰里久久褪不下红色，我痴痴地坐看它，一直坐到凌晨四点，实在熬不住了，才依依去睡。

我们又在火上温茶烤年糕，爆白果，日子过得像几十万年前燧人氏初初发现火的时候那么兴奋。

想不通的是古董店的老板为什么把裂了缝的石炉和脱了釉的暖炉降价求售。中国神话里的天空也是石头做的，石头做的天空也曾一度破裂而有劳女娲氏去补缀，天既可以残破，炉子的破裂岂不正应天道，合乎天道的炉子有什么理由降价出售呢？西方精神每求全，东方精神反求破，炉子不破，难以有触手可感的沧桑。而至于那只烘炉釉色脱落后，自会补上一种名叫"岁月"的颜色，岂不尤能炫目？想来人间何者当贵何者当贱，真是说不清楚啊！

但不论贵贱，我喜欢我送给自己的礼物，整个冬天，都因为那柔和的炭红而恍如一场艳遇。

我交给你们一个孩子

我交给你们一个孩子

小男孩走出大门，反身向四楼阳台上的我招手，说：

"再见！"

那是好多年前的事了，那个早晨是他开始上小学的第二天。

我其实仍然可以像昨天一样，再陪他一次，但我却狠下心来，看他自己单独去了。他有属于他的一生，是我不能相陪的，母子一场，只能看作一把借来的琴弦，能弹多久，便弹多久，但借来的岁月毕竟是有其归还期限的。

他欢然地走出长巷，很听话地既不跑也不跳，一副循规蹈矩的模样。我一个人怔怔地望着巷子下细细的朝阳而落泪。

想大声地告诉全城市，今天早晨，我交给你们一个小男孩，他还不知恐惧为何物，我却是知道的，我开始恐惧自己有没有交错？

我把他交给马路，我要他遵守规矩沿着人行道而行，但是，匆匆的路人啊，你们能够小心一点吗？不要撞倒我的孩子，我把我的至爱交给了纵横的道路，容许我看见他平平安安地回来。

我不曾搬迁户口，我们不要越区就读，我们让孩子读本区内的国民小学而不是某些私立明星小学，我努力去信任自己的教育当局，而且，是以自己的儿女为赌注来信任——但是，学校啊，当我把我的孩子交给你，你保证给他怎样的教育？今天清晨，我交给你一个欢欣诚实又颖悟的小男孩，多年以后，你将还我一个怎样的青年？

他开始识字，开始读书，当然，他也要读报纸、听音乐或看电视、电影，古往今来的撰述者啊，各种方式的知识传递者啊，我的孩子会因你们得到什么呢？你们将饮之以琼浆，灌之以醍醐，还是哺之以糟粕？他会因而变得正直、忠信，还是学会奸猾、诡诈？当我把我的孩子交出来，当他向这世界求知若渴，世界啊，你给他的会是什么呢？

世界啊，今天早晨，我，一个母亲，向你交出她可爱的小男孩，而你们将还我一个怎样的呢？！

小蜥蜴如何藏身在草丛里的奇观

我给小男孩请了一位家庭教师，在他七岁那年。

听到的人不免吓一跳：

"什么？那么小就开始补习了？"

不是的，我为他请一位老师是因为小男孩被蝴蝶的三部曲弄得神魂颠倒，又一心想知道蚂蚁怎么回家；看到世上有那么多种蛇，也使他欢喜得着了慌。我自己对自然的万物只有感性的欢欣赞叹，却没有条分缕析的解释能力，所以，我为他请了老师。

有一篇征求老师的文字是我想用而不曾用过的，多年来，它像一坛忘了喝的酒，一直堆在某个不显眼的角落。春天里，偶然男孩又不自觉地转头去听鸟声的时候，我就会想起自己心底的那篇文字：

我们要为我们的小男孩寻找一位生物老师。

他七岁，对万物的神奇兴奋到发昏的程度，他一直想知道，这一切"为什么是这样的"。

我们想为他找的不单是一位授课的老师，也是一位启示他生命的奇奥和繁复的人。

他不是天才，他只是一个好奇而且喜欢早点知道答案的孩子。我们尊重他的好奇，珍惜他兴奋易感的心，我们不是富有的家庭，但我们愿意好好为他请一位老师，告诉他花如何开？果如何结？蜜蜂如何住在六角形的屋子里？蚯蚓如何在泥土中走路吃饭……

他只有一度童年，我们急于让他早点享受到"知道"的权利。

有的时候，也请带他到山上到树下去上课，他喜欢知道蕨类怎样成长，杜鹃怎样红遍山头，以及小蜥蜴如何藏身在草丛里的奇观……

有谁愿意做我们小男孩的生物老师？

小男孩后来跟着一位生物系的老师读了两年生物，获益无穷，而这篇我在心底重复无数遍的"征求老师"的腹稿却只供我自己回忆。

寻人启事

我坐在餐桌旁修改自己的一篇儿童诗稿，夜渐渐深了。

男孩房里的灯仍亮着，他在准备那些考不完的试。

我说：

"喂，你来，我有一篇诗要给你看！"

他走过来，把诗拿起来，慢慢看完，那首诗是这样写的：

寻人启事

妈妈在客厅贴起一张大红纸

上面写着黑黑的几行字：

兹有小男孩一名不知何时走失

谁把他拾去了啊，仁人君子

他身穿小小的蓝色水手服

他睡觉以前一定要念故事

他重得像铅球又快活得像天使

满街去指认金龟车是他的专职

当电扇修理匠是他的大志

他把刚出生的妹妹看了又看露出诡笑：

"妈妈呀，如果你要亲她就只准亲她的牙齿。"

那个小男孩到哪里去了，谁肯给我明示？

听说有位名叫时间的老人把他带了去

却换给我一个少年比妈妈还高

正坐在那里愁眉苦脸地背历史

那昔日的小男孩啊不知何时走失

谁把他带还给我啊，仁人君子

看完了，他放下，一言不发地回房去了。第二天，我问他：

"你读那首诗怎么不发表一点高见？"

"我读了很难过，所以不想说话……"

我茫然走出他的房间，心中怅怅。小男孩已成大男孩，他必须有所忍受，有所承载。我所熟知的一度握在我手里的那一双小手犹如飞鸟，在翩飞中消失了。

仅仅就在不久以前，他不是还牵着妹妹的手，两人诡秘地站在我的书房门口吗？他们同声用排练好的做作的广告腔说：

好立克大王

张晓风女士

请你出来

为你的儿子女儿冲一杯好立克

这样的把戏玩了又玩，一杯杯香浓的饮料喝了又喝。童年，繁华喧天的岁月，就如此跫音渐远。

有一次，在朋友的墙上看到一幅英文格言：

"今天，是你生命余年中的第一日。"

我看了，立即不服气。

"不是的，"我说，"对我来讲，今天，是我有生之年的最后一天。"

最后一天，来不及的爱，来不及的飞扬，来不及的期许，来不及的珍惜和低回。

容我好好爱宠我的孩子，在今天，毕竟，在无穷岁月里，今天，仍是他们今后一生一世里最最幼小的一天啊！

第一个月盈之夜

一 月亮节

世上爱月的民族，中国人要算一个。

犹太人、阿拉伯人虽然也爱月，却不似中国人弄出一年五个"月亮节"出来。

第一个月亮节便是元宵，一年里的第一度月圆，这时候虽然一时还天寒地冻，却不免有潜伏的春意在各地部署，并且蠢蠢欲动。

第二个月亮节是二月十五日，也叫"花朝"，据说是百花的生日，花真聪明，怎么刚好就找到第二度月圆做生日呢？想必是群芳商量好了，从大地母亲的肚子上剖腹而生，为了纪念那圆浑的母腹，她们以月盈夜为生日。

第三个是中元节，严格地说起来是给鬼过的月亮节，其实鬼心虚虚怯怯，未必喜欢月明之夜呢！不过，人世里的活人总以为他们会留下那份固执的回忆，仍然爱着那丸透明莹澈的团圆月。

第四个是中秋节，时令到了八月半，整个大地都圆熟了，乃设起人间的圆瓜圆饼圆果来遥拜圆月。中国人的拜月只如朋友见面相揖，并无"拜月教"的慎重。却反而有一份自然质朴的相知之情，一时之间恍惚只觉口中吃的竟是月光，天上悬的反是宇宙的瓜果了。台湾旧俗有"照月光"事，便是令妇人观月浴月，谓之容易怀孕。此事或于中秋或于元宵进行，想来是由于月亮由消至盈的神秘过程令人迷惑，觉得那也是一番大孕育吧？

第五个也称"下元节"，只祭祖，在十月十五日。

二　月亮与灯

据说，月亮从太阳学会发光——而灯，却从月亮学会发光，灯应该是太阳的再传弟子。

我们虽有五个月亮节，却只有上元与中秋和月亮有比较直接的关系。中秋夜用瓜果饼饵来模拟月，上元夜则用花灯来模拟月。灯是自我设限的火，极谨守极谦退，从来不想去燎原，去焚山，只想守住小小的光焰，只想本分地照出一小团可信赖的光辉。灯是招之即来、挥之即去的光，像旧式的母亲，宛转随儿女，却又自有其尊贵。

三　谁家见月能闲坐

谁家见月能闲坐，何处闻灯不看来。

那是唐朝诗人崔液绝句《上元夜》里的句子。

去年元夜时，花市灯如昼。
月上柳梢头，人约黄昏后。
今年元夜时，月与灯依旧。
不见去年人，泪湿春衫袖。

这阕《生查子》相传或是朱淑真的，当然也有说是别人写的，我倒是宁可相信它出于一位女词人之手。

男性词人的元夜感怀，不免比女子少一份柔情多一份苍凉，像张抡的《烛影摇红》便是如此：

驰隙流年，恍如一瞬星霜换。今宵谁念泣孤臣，回首长安远。可是尘缘未断。谩惆怅，华胥梦短。满怀幽恨，数点寒灯，几声归雁。

姜白石的《鹧鸪天》，所记的也是元夕的悲怅：

春未绿，鬓先丝，人间别久不成悲。
谁教岁岁红莲夜，两处沉吟各自知。

刘克庄的《生查子》也有类似的无奈：

繁灯夺霁华，戏鼓侵明发。
物色旧时同，情味中年别。

元夜词里最被后人赏识的恐怕是辛稼轩的《青玉案》了：

东风夜放花千树，更吹落，星如雨。宝马雕车香满路。凤箫声动，玉壶光转，一夜鱼龙舞。

　　蛾儿雪柳黄金缕，笑语盈盈暗香去。众里寻他
千百度，蓦然回首，那人却在，灯火阑珊处。

　　辛稼轩写的是一阕词，但是八百年后却有人把它当一则
诗谜来忖度。

四　八百年前一诗谜

　　上元之夜是月亮节，是灯节以及谜语节。

　　月是天上的灯，灯是地下的月，而谜语呢，谜语是人心
内在的月光，启动最初的智慧，是照亮灵明处的一线幽辉。

　　所有的孩子都喜欢谜语。

　　所有的神话里的英雄，都必须通过谜语。

　　而稼轩的词，算不算一则谜语呢，那其间又有什么深
意？八百年后的王静安坐在书桌上，写他的《人间词话》。

　　他是一个细腻的学者，纤柔敏感。

　　"尼采谓一切文学，"他在纸上写下，"余爱以血书者，后
主之词，真所谓以血书者也。"

用尼采来论后主，这便是静安先生了。他又继续写下去，宁静的眼神里渐渐透出热切的凝注：

古今之成大事业大学问者，必经过三种之境界："昨夜西风凋碧树。独上高楼，望尽天涯路。"此第一境也。"衣带渐宽终不悔，为伊消得人憔悴。"此第二境也。"众里寻他千百度，蓦然回首，那人却在，灯火阑珊处。"此第三境也。

写完三个境界，他掷笔兀然了。这三首词的作者，晏殊、柳永和辛稼轩会同意他的说法吗？

他们并不曾设下谜语，但他却偏要品味作者自己也不曾确知的语言背后的玄机，他是对的吗？

也许，所有的诗，所有的词，所有的拈花微笑的禅意都是谜吧？"众里寻他千百度"，寻的是什么呢？寻的是上元夜芸芸众生里的青衫或红袖，抑或是自己心头的一点渴望？

五　第一个月盈之夜

一年里的第一个月盈之夜，此夜唯一的责任是欢乐。

一年里唯一的灯节，此夕应看遍人间繁华。

一年里唯一猜人也被人猜的日子，生命的虚虚实实，真真幻幻，除了谜语，还有什么更好的媒体可以说明？

祝福人世，祝福你——你这与我共此明月、共此繁灯、共此人生之谜的人。

年年岁岁岁岁年年

1

渐渐地，就有了一种执意地想要守住什么的神气，半是凶霸，半是温柔，却不肯退让，不肯商量，要把生活里细细琐琐的东西一一护好。

2

一向以为自己爱的是空间，是山河，是巷陌，是天涯，是灯光晕染出来的一方暖意，是小小陶钵里的"有容"。

然后才发现自己也爱时间，爱与世间人"天涯共此时"。在汉唐相逢的人已成就其汉唐，在晚明相逢的人也谱罢其晚明。而今日，只能与当世之人在时间的长川里停舟暂相问，只能在时间流水席上与当代人传杯共盏。否则，两舟一错桨处，觥筹一交递处，年年岁月已成空无。

天地悠悠，我却只有一生，只握一个筹码，手起处，转骰已报出点数，属于我的博戏已告结束。盘古一辨清浊，便是三万六千载，李白蜀道难忘的年光，忽忽竟有四万八千岁，而天文学家动辄抬出亿万年，我小小的想象力无法追想那样地老天荒的亘古，我所能揣摩所能爱悦的无非是应属于常人的百年快板。

3

神仙故事里的樵夫偶一驻足观棋，已经柯烂斧锈，沧桑几度。

如果有一天，我因好奇而在山林深处看棋，仁慈的神仙，请尽快告诉我真相。我不要偷来的仙家日月，我不要在一袖手之际误却人间的生老病死，错过半生的悲喜怨怒。人

间的紧锣密鼓中，我虽然只有小小的戏份，但我是不肯错过
的啊！

4

　　书上说，有一颗星，叫"岁星"，十二年循环一交。岁星
使人有强烈的时间观念，所以一年叫"一岁"。这种说法，据
说发生在远古的夏朝。

　　"年"是周朝人用的，甲骨文上的年字写成 秊，代表人扛
着禾捆，看来简直是一幅温暖的"冬藏图"。

　　有些字，看久了会令人渴望到心口发疼发紧的程度。当
年，想必有一快乐的农人在北风里背着满肩禾捆回家，那景
象深深感动了造字人，竟不知不觉用这幅画来做三百六十五
天的重点勾勒。

5

　　有一次，和一位老太太用闽南语搭讪：

"阿婆，你在这里住多久了？"

"唔——有十几冬啰。"

听到有人用"冬"来代年，不觉一惊，立刻仿佛有什么东西又隐隐疼了起来。原来一句话里竟有那么丰富饱胀的东西。记得她说"冬"的时候，表情里有沧桑也有感恩，而且那样自然地把春耕夏耘秋收冬藏的农业情感都灌注在里面了。她和土地、时序之间那种血脉相连的真切，使我不知哪里有一个伤口轻疼起来。

6

朋友要带他新婚的妻子从香港到台湾来过年，长途电话里我大概有点惊奇，他立刻解释说：

"因为她想去台北放鞭炮，在香港不准放鞭炮。"

放下电话，我又想笑又端肃，第一次觉得放炮是件了不起的大事，于是把独生子叫来说：

"去买一串不长不短的炮——有位阿姨要从香港到台湾来放炮。"

岁除之夜，满城爆裂小小的、微红的、有声的春花，其中一串自我们手中绽放。

7

我买了一座小小的山屋，只十坪①大。屋与大屯山相望，我喜欢大屯山，"大屯"是卦名，那山也真的跟卦象一样神秘幽邃，爻爻都在演化，它应该足以胜任"市山"的。走在处处地热的大屯山系里，每一步都仿佛踩在北方人烧好的土炕上，温暖而又安详。

下决心付小屋的订金说来是因屋外田埂上的牛，以及牛背上的黄头鹭。这理由，自己听来也觉像撒谎，直到有一天听楚戈说某书法家买房子是因为看到烟岚，才觉得气壮一点。

我已经辛苦了一年，我要到山里去过几个冬夜，那里有豪奢的安静和孤绝，我要生一盆火，烤几枚干果，燃一屋松脂的清香。

---

① 坪：1坪约等于3.3平方米。

8

你问我今年过年要做什么，你问得太奢侈啊！这世间原没有什么东西是我绝对可以拥有的，不过随缘罢了。如果蒙天之惠，我只要许一个小小的愿望，我要在有生之年，年年去买一钵素水仙，养在小小的白石之间。

中国水仙和自盼自顾的希腊孤芳不同，它是温驯的、偎人的，开在中国人一片红灿的年景里。

9

除了水仙，我还有一件俗之又俗的心愿，我喜欢遵循着老家的旧俗，在年初一的早晨吃一顿素饺子。

素饺子的馅以荠菜为主，我爱荠菜的"野蔬"身份，爱小时提篮去挑野菜的情趣，爱以素食为一年第一顿餐点的小小善心，爱民谚里的"三月三，荠菜花，赛牡丹"的憨狂口气。

荠菜花花瓣小如米粒，粉白，不仔细看根本不容易发现，到了老百姓嘴里居然一口咬定荠菜花赛过牡丹。中国民间向来总有用不完的充沛自信，李凤姐必然艳过后宫佳丽，一碟名叫"红嘴绿鹦哥"的炒菠菜会是皇帝思之不舍的美味。郊原上的荠菜花绝胜宫中肥硕痴笨的各种牡丹。

吃荠菜饺子，淡淡的香气之余，总有颊齿以外嚼之不尽的清馨。

10

如果一个人爱上时间，他是在恋爱了。恋人会永不厌烦地渴望共花之晨，共月之夕，共其年年岁岁，岁岁年年。

如果你爱上的是一个民族，一块土地，也趁着岁月未晚，来与之共其朝朝暮暮吧！

所谓百年，不过是一千二百番的盈月、三万六千五百回的破晓，以及八次的岁星周期罢了。

所谓百年，竟是禁不起蹉跎和迟疑的啊，且来共此山河守此岁月吧！大年夜的孩子，只守一夕华丽的光阴，而我们所守的却是短如一生又复长如一生的年年岁岁岁岁年年啊！

沸点及其他

沸点之一

"把水烧成一百摄氏度，便到达它的沸点。"

物理老师如是说。

到达沸点的水会忍不住喧哗起来，跳跃起来成为有声音有动作的水——这一点，物理老师没有说，是我自己烧茶时看到的。还有，其实不单水有沸点，万物都有其沸点。

一锅杜鹃被地气熬了一个冬天，三月里便忍不住沸沸扬扬起来，成日里喷红溅紫，把一座死火山开成了活火山。我每走过盛放的杜鹃都忍不住兴起一份自卫本能，因为害怕，怕自己有什么脆弱的部分会被烫伤或灼伤。杜鹃有它不同的沸点，在二十摄氏度便已经沸腾得不可开交了，而且，正如当年瓦特所看到的一样，沸腾的杜鹃是会扑突扑突地把绿叶的锅盖掀掉的。杜鹃粉色的气泡一滚一滚地往上冒，冒到最盛时，破了，下面的又再涌上来……这锅骚动一直要闹到五月，才渐渐安静下来——奇怪，在它沸滚时你以为它也许就要这样地老天荒不甘不休地闹下去了，但一到五月，它居然收了心，彻彻底底地恢复了正常，并且，重新把绿叶的锅盖盖严，装成一副什么事情都不曾发生过的样子。至于那曾经沸扬过的，竟像少年日记中的诗句，是一环只有他自己才能记得的秘密。

沸点之二

栀子花的沸腾是另外一种，一切香花如桂花，如珠兰，如七里香，如夜来香、水姜花和素馨等，都是在空气里暗暗地沸滚。

有时我会想，如果我瞎了，看不见黄扑扑的相思树上的绒花，则我只好凭记忆在听觉里唤回绿绣眼或白头翁的叫声，它们叫得特别疯狂的时候，便是春天最好、花事最鼎盛的时候!

而如果又瞎又聋呢？凭鼻子吧，春天是可以用嗅觉侦察出来的。如果有一天，我垂垂老去，茫茫其视而漠漠其听，到那时只要一阵风来，风里有栀子花暗自沸腾的香息，我就仍然能意会出那秘密的幽期——"我和春天有一个约会！"他派栀子花来叫我了，我已经是耄耋的老妇，但我仍能辨识他使者的气息，一丛栀子花的气息，那时我会急急地找出我的短靴来，急急地走入阳光里，去赴春天的约会……

有的花以色沸腾，有的以芬芳沸腾，她们的沸点有的是二十度，有的是二十五度，而我的血亦另有其沸点，那是三十六度半，属于常人的体温，它成天在我心脏的鼎镬里扑滋扑滋地翻腾，以颜色，以气息，以一种生命所能拥有的最好温度。

春天的信仰

其实春天的时候，我打算做个不设防的人，什么神话什么谣传，我都一概拟予接受。既然菩提总是欺骗我们说它是一棵树，既然明镜老是骗我们相信它是一座妆台，且让我相信初伸的羊齿蕨真是一种岩缝中长出来的锯尺般的植物，而鸟声也的确是树上变鸣的音乐，并且桃金娘也真的是粉色的镶嵌艺术，东风的确在枝柯间安排过它的访踪——不管六祖惠能如何看出万物的幻象，我只打算在春天做一座不设防的城，并且迷信一切幻象。事实上，相信神话并不比相信哲学更为荒唐吧？

可是，碰到黄，在三月，情形又不同了。许多年前，我们一同做助教的时候，总是天天见面的，他因长得大眼浓眉，被大伙打趣叫成"黄小生"，他也一边傻笑一边居之不疑，兴致好的时候他也仿评剧念白回敬我一句"小姐"。

我们许多年不见了，今年春天因为课程排在同一天下午，所以又常见面了。那天下了校车，步上文学院台阶的时候，他兴奋地说：

"我带你去看，有一棵白杜鹃里面居然长出一朵红杜鹃来了！"

我一时没有回话，我说过，春天一来，我是打算什么都加以相信的。

"真的，真的，我不骗你，我带你去看，一朵红杜鹃，长在白杜鹃里面！"

我怎么会不相信呢？春天每一秒钟都在变魔术，枯枝可以爆发成红云，黄草可以蔚织成锦毯，多相信一则神迹有什么难？但看到黄那种熟见的憨气就忍不住使诈起来，我淡淡地说：

"真的啊？"

"真的！真的！我本来也不相信，我带你去看！"他着急起来，颠来倒去地只顾说，"是真的，你去看就知道。"

我们一下就走到"魔术现场"了，半人高的小丛白杜鹃里果然有一朵紫红的开在那里。

"你看，你看，"黄说，"我没骗你吧！我说的嘛……"

奇怪的是，我当时竟一点不觉惊异，白中有红如果是奇异不可信的事，百分之百的纯白不也同样可惊可诧吗？反正，我早已彻底投降了——在春天，每一件事都可以是可能发生的"不可能"。

"它是有道理的，"黄仍然好意地一直解释不休，"你看，因为这棵白的长在那棵紫红的旁边，久而久之，就把颜色染过来了——你看好些白花的花瓣上都有紫红色的斑点和线条呢！"

我仔细看了一下，果真如此，心里猛然想起白素贞的故事，那一心想修成人身的千年白蛇啊，最后终于修成女身了。那些白杜鹃也是如此想——修成红杜鹃吗？当头的一朵已修成正果，其余的还在修炼之中——然而，这也是一番多事吧？白素贞如果读过庄子的《齐物论》，应该知道做一条飞溪越涧的山蛇，并不比人间的女子卑贱啊！但大概春天总使人不安心和不甘心吧？所以白素贞想修人身，所以许仙想去游湖，所以一树白花跃跃然地想晕染成红色，这一切，也只是春天里合理的"不合理"吧！

上课钟响了，我们匆匆走回教室，一路上黄仍然叨叨念念地说：

"不看到真不能信呢！白杜鹃里会开出一朵红杜鹃来……"

我一直没有告诉他，我是什么荒唐之言、什么诡异之说都肯相信的——在三月，在春天，在上我的小说课和他的老庄课之前。

他曾经幼小

　　我们所以不能去爱大部分的人，是因为我们不曾见过他们幼小的时候。

　　如果这世上还有人对你说：

　　"啊！我记得你小时候，胖胖的，走不稳……"

　　你是幸福的，因为有人知道你幼小时期的容颜。

　　任何大豪杰或大英雄，一旦听人说：

　　"那时候，你还小，有一天，正拿着一个风筝……"

　　也不免一时心肠塌软下来，怯怯地回头去望，望来路上多年前那个痴小的孩子。那孩子两眼晶晶，正天不怕、地不怕地嬉笑而来，吆呼而去。

　　我总是尽量从成年人的言谈里去捕捉他幼小时期的形象，

原来那样垂老无趣口涎垂胸的人竟也一度曾经是为人爱宠为人疼惜的幼小者。

如果我曾经爱过一些人，我也总是竭力去想象去拼凑那人的幼年，或在烧红半天的北方战火，或在江南三月的桃红，或在台湾南部小小的客家聚落，或在云南荒山的仄逼小径，我看见那人开宗明义的含苞期。

是的，如果凡人如我也算是爱过众生中的一些成年人，那是因为那人曾经幼小，曾经是某一个慈怀中生死难舍的命根。

至于反过来如果你问我为何爱广场上素昧平生的嬉戏孩童，我会告诉你因为我爱那孩童前面隐隐的风霜，爱他站在生命沙滩的浅处，正揭衣欲渡的喧嚷热闹，以及闪烁在他眉睫间的一个呼之欲出的成年。

缝在胸口上

缝在胸口上

黄的父亲去世了，电话里他的声音平静中有一份受伤后的虚弱。本来想好要安慰他的话竟一句也说不出口，只因觉得两人之间的形势好像巨富对赤贫，我的父母健在，他却永远不能再叫一声"爸爸"了。而今而后，他再也不能在匆忙的晨昏看看那老眊的眼眸了。此刻我不能说什么，说什么都是矫情，只因我是父母在堂兄弟无故的天之骄子啊！

"父亲去了以后，"倒是他絮絮地说了下去，"我替他整东西，有一件老棉袄，我想扔了，我妈妈不肯，她拿去，把它洗干净，从里子上剪下一小块，缝在她衣服的胸口部位。她做这些事，一句话也没说，我默默看她做，也一句话没说，可是那感觉非常好，老一辈的情感，一辈子从来没说过什么'爱'的……"

我忽然想起那老妇人来，半大的脚，走起路来咚咚然有一种慎重其事的沉重。一口江北的侉腔，听起来几乎有点"咬牙切齿"的味道，但也因而有一份"逐字强调"的认真。一直记得她提到故乡的时候嘎着嗓子反复说四个字："青——山——绿——水——"我听了，觉得在此之前自己从来不知山可能如何青，水可能如何绿。

"很少有父亲能活在儿子心里，我的父亲一直活在我心里。"黄说。

寻常巷陌中的寻常人物，那面目平板而模糊的老头，那善良到有点"受气相"的黄伯伯，也接受我秘密的一份敬意吧！

一念之怜

我一直不能忘记那个香港女孩。

那年夏天，她十五岁，一条牛仔裤，一件T恤，但因为眉眼间那份呼之欲出的青春，她看起来仍是一个甜净的女孩。认识几天以后，她来找我，神色怯怯，拿着一封厚信。把信交给我以后，她急急地走了。

就香港女孩而言，她的信写得算是很好了。信里的大意是这样的：

"我知道我应该爱我的父亲，可是，我做不到，我讨厌他，恨他。

"他在酒楼里做事，不求上进、自私，形容猥琐，喜欢抽烟、喝酒，常跟母亲吵架，每次我听到他半夜咳嗽、吐浓痰的声音就恶心，我怎么会有这样一个父亲……"

这种人在香港社会里随时可以遇到，没有背景，没有家世，很可能是游泳或钻铁丝网逃来的，在酒楼里谋个小差事糊口，几十年重复着日日相同毫无变化的生活，求上进和不求上进都是一样的，一样地爬不上去。一生注定卑微、仰人鼻息，最大的美梦也许就是积些钱上澳门大赌一番，赌钱，也赌运气，一生的豪情和勇气全在那美丽的或绝望的一掷……

我能要求那女孩爱这样一位父亲吗？那十五岁，有权利做梦，梦见自己是古堡中的公主的女孩。

她在课文里读到的是欧阳修的父亲，大权在握，决人生死的父亲，或者是胡适之先生那英年早逝的，因而反能有若神明的父亲。但这里是香港，二十世纪末的香港，人人争啖一口饭、争捞一把钱、争呼一口空气的地方，她的父亲，不是文人笔下的尊者，我能说什么呢，我又能说什么呢？

客夜渐浓复渐稀，天快亮了，我握着笔不知如何回复，终于，我狠下心，这样写：

"爱，是一件比较难的事，如果能，就爱他，如果做不到，孩子，容我说一句残忍的话，那就'可怜'他吧！'可怜'你的父亲吧！"

她的信第二天又来了。

"夜深了，他还在咳嗽，这是我一向最恨的声音，但今天我真的可怜起他来——可是，奇怪，在我可怜他的时候，我想起他的半生，他的不得志，他的苦楚，我的眼泪流下来，他是我的父亲，我却只肯可怜他吗？不，我爱他，我懂了，谢谢你，你只劝我可怜他，可是，我爱他了……"

"好险！"我对自己说，昨天那样劝她，也只是破釜沉舟，因为不能多劝她什么，只能劝她去可怜。可是事情竟然赢了，在她公平地给老人一念之怜的时候，她也爱了他。

也许这里只是人心惶惶的香港，也许那女孩只是我一生再不会遇见的擦肩而过的陌路人，但总有一件事情发生过了，一件美丽的事情发生过了！

一个女人的爱情观

忽然发现自己的爱情观很土气，忍不住笑了起来。

对我而言，爱一个人就是满心满意要跟他一起"过日子"，天地鸿蒙荒凉，我们不能妄想把自己扩充为六合八荒的空间，只希望彼此的火烬把属于两人的一世时间填满。

客居岁月，暮色里归来，看见有人当街亲热，竟也视若无睹，但每看到一对人手牵手提着一把青菜一条鱼从菜场走出来，一颗心就忍不住恻恻地痛了起来，一蔬一饭里的天长地久原是如此味永难言啊！相拥的那一对也许今晚就分手，但一鼎一镬里却有其朝朝暮暮的恩情啊！

爱一个人原来就只是在冰箱里为他留一只苹果，并且等他归来。

爱一个人就是在寒冷的夜里不断在他杯子里斟上刚沸的热水。

爱一个人就是喜欢两人一起收尽桌上的残肴，并且听他在水槽里刷碗的音乐——事后再偷偷地把他不曾洗干净的地方重洗一遍。

爱一个人就有权利霸道地说：

"不要穿那件衣服，难看死了。穿这件，这是我新给你买的。"

爱一个人就是一本正经地催他去工作，却又忍不住躲在他身后想捣几次小小的蛋。

爱一个人就是在拨通电话时忽然不知道要说什么，才知道原来只是想听听那熟悉的声音，原来真正想拨通的，只是自己心底的一根弦。

爱一个人就是把他的信藏在皮包里，一日拿出来看几回、哭几回、痴想几回。

爱一个人就是在他迟归时想上一千种坏可能，在想象中经历万般劫难，发誓等他回来要好好罚他，一旦见面却又什么都忘了。

爱一个人就是在众人暗骂："讨厌！谁在咳嗽！"你却急道："唉，唉，他这人就是记性坏啊，我该买一瓶川贝枇杷膏放在他的背包里的！"

爱一个人就是上一刻钟想把美丽的恋情像冬季的松鼠秘藏坚果一般，将之一一放在最隐秘最安妥的树洞里，下一刻钟却又想告诉全世界这骄傲自豪的消息。

爱一个人就是在他的头衔、地位、学历、经历、善行、劣迹之外，看出真正的他不过是个孩子——好孩子或坏孩子——所以疼了他。

也因，爱一个人就是喜欢听他儿时的故事，喜欢听他有几次大难不死，听他如何淘气惹厌，怎样善于玩弹珠或打"水漂漂"，爱一个人就是忍不住替他记住了许多往事。

爱一个人就不免希望自己更美丽，希望自己被记得，希望自己的容颜体貌在极盛时于对方如霞光过目，永不相忘，即使在繁花谢树的冬残，也有一个人沉如历史典册的瞳仁可以见证你的华彩。

爱一个人总会不厌其烦地问些或回答些傻问题，例如："如果我老了，你还爱我吗？""爱！""我的牙都掉光了呢？""我吻你的牙床！"

爱一个人便忍不住迷上那首《白发吟》：

亲爱我年已渐老

白发如霜银光耀

……

唯你永是我爱人

永远美丽又温柔

……

爱一个人常是一串奇怪的矛盾,你会依他如父,却又怜他如子;尊他如兄,又复宠他如弟;想师事他,跟他学,却又想教导他把他俘虏成自己的徒弟;亲他如友,又复气他如仇;希望成为他的女皇,他唯一的女主人,却又甘心做他的小丫鬟小女奴。

爱一个人会使人变得俗气,你不断地想:晚餐该吃牛舌好呢,还是猪舌?蔬菜该买大白菜,还是小白菜?房子该买在三张犁呢,还是六张犁?而终于在这份世俗里,你了解了众生,你参与了自古以来匹夫匹妇的微不足道的喜悦与悲辛,然后你发觉这世上有超乎雅俗之上的情境,正如日光超越调色盘上的色样。

爱一个人就是喜欢和他拥有现在,却又追忆着和他在一起的过去。喜欢听他说,那一年他怎样偷偷喜欢你,远远地凝望着你。爱一个人又总期望着未来,想到地老天荒的他年。

爱一个人便是小别时带走他的吻痕，如同一幅画，带着鉴赏者的朱印。

爱一个人就是横下心来，把自己小小的赌本跟他合起来，向生命的大轮盘去下一番赌注。

爱一个人就是让那人的名字在临终之际成为你双唇间最后的音乐。

爱一个人，就不免生出共同的、霸占的欲望。想认识他的朋友，想了解他的事业，想知道他的梦。希望共有一张餐桌，愿意同用一双筷子，喜欢轮饮一杯茶，合穿一件衣，并且同衾共枕，奔赴一个命运，共寝一个墓穴。

前两天，整理房间时，理出一只提袋，上面赫然写着"××孕妇服装中心"，我愕然许久，既然这房子只我一人住，这只手提袋当然是我的了，可是，我何曾跑到孕妇店去买衣服？于是不甘心地坐下来想，想了许久，终于想出来了。我那天曾去买一件斗篷式的土褐色短褛，便是用这只绿袋子提回来的，我是的确闯到孕妇店去买衣服了。细想起来那家店的模样儿似乎都穿着孕妇装，我好像正是被那种美丽沉甸的繁殖喜悦所吸引而走进去的。这样说来，原来我买的那件宽松适意的斗篷式短褛竟真是给孕妇设计的。

这里面有什么心理分析吗？是不是我一直追忆着怀孕

时强烈的酸苦和欣喜而情不自禁地又去买了一件那样的衣服呢？想多年前冬夜独起，灯下乳儿的寒冷和温暖便一下涌回心头，小儿吮乳的时候，你多么希望自己的生命就此为他竭泽啊！

对我而言，爱一个人，就不免想跟他生一窝孩子。

当然，这世上也有人无法生育，那么，就让共同作育的学生，共同经营的事业，共同爱过的子侄晚辈，共同谱成的生活之歌，共同写完的生命之书来做他们的孩子。

也许还有更多更多可以说的，正如此刻，爱情对我的意义是终夜守在一盏灯旁，听车声退潮再复涨潮，看淡紫的天光愈来愈明亮，凝视两人共同凝视过的长窗外的水波，在矛盾的凄凉和欢喜里，在知足感恩和渴切不足里细细体会一条河的韵律，并且写一篇叫《爱情观》的文章。

《山海经》的悲愿

南山经之首曰䧿山。其首曰招摇之山，临于西海之上，多桂，多金玉。有草焉，其状如韭而青华，其名曰祝馀，食之不饥。有木焉，其状如榖而黑理，其华四照，其名曰迷榖，佩之不迷。有兽焉，其状如禺而白耳，伏行人走，其名曰狌狌，食之善走……又东三百七十里，曰杻阳之山，其阳多赤金，其阴多白金。有兽焉，其状如马而白首，其文如虎而赤尾……佩之宜子孙。怪水出焉……其名曰旋龟，其音如判木，佩之不聋，可以为底。东三百里曰柢山，多水，无草木。有鱼焉，其状如牛，陵居，蛇尾有翼，其羽在鲑下，其音如留牛，其名曰鲑，冬死而夏生，食之

无肿疾。又东四百里……有兽焉……其名曰类，自为
牝牡，食者不妒……有鸟焉，其状如鸡而三首六目六
足三翼，其名曰鹌鹑，食之无卧……

近来重读《山海经》，才知如此僻书亦不免处处泪痕。

原来整个《山海经》的第一段归结到"食之不饥"的梦
想上，从前读来觉得"荒诞不经"的片段，现在却能知道其
中婉转的深意了。平生顺遂，直到踏遍天涯巷陌之余，才知
道人寰之苦，"不饥"两字，竟奢侈美丽得足以作为一部神话
的第一个梦想。

以前的我竟而不懂，只因饱人不知饿人饥啊！

及至读到"佩之不迷"才知道痴愚的人生原是如此多歧
多惑而致纷杂难解的啊！

"食之善走"是因感慨于大地的辽阔和一己的局限吧？以
径尺之足如何去丈量万里漠野和千寻高山呢？

一路读下去，看到的不是种种神异，而是一幅人生苦难
的图解啊！"佩之宜子孙"是畏惧血胤的斩绝啊！"佩之不聋"
是对听觉残障的畏惧，"食者不妒"是因人间的爱关情阻太纷
歧多困吧！至于会说出"佩之不畏"的话，也正是因为人世
多有可畏可惧可悸怖的事吧？"食之无卧"是不甘于血肉之

躯易于困顿易于委疲的弱点吧！

　　读到"食之无肿疾"不免垂睫长坐，原来古人亦知肿瘤之残虐，名为"癌"的恶性肿瘤曾经带去我多少朋友的性命啊！却也偶然有几个挺着断矛残盾维持住不输不赢的局面的人，只有那极幸运的，可以完肤完骨抽身而出。

　　到何处去寻得那多水的柢山，寻得那水中冬死夏生的鲑以痊愈天下的肿疾呢？

　　原来在"荒唐之言"和"幽邈之思"的背后，怪诞的《山海经》里亦自有母性的忧愁和深婉啊！

第二辑　矛盾篇

矛盾篇之一

一 爱我更多，好吗？

爱我更多，好吗？

爱我，不是因为我美好，这世间原有更多比我美好的人。爱我，不是因为我智慧，这世间自有数不清的智者。爱我，只因为我是我，有一点好有一点坏有一点痴的我，古往今来独一无二的我，爱我，只因为我们相遇。

如果命运注定我们走在同一条路上，碰到同一场雨，并且共遮于同一把伞下，那么，请以更温柔的目光俯视我，以更固执的手握紧我，以更和暖的气息贴近我。

爱我更多，好吗？唯有在爱里，我才知道自己的名字，知道自己的位置，并且惊喜地发现自身的存在。所有的石头只是石头，漠漠然冥顽不化，只有受日月精华的那一块会猛然爆裂，跃出一番欣忭欢悦的生命。

爱我更多，好吗？因为知识使人愚蠢，财富使人贫穷，一切的攫取带来失落，所有的高升令人沉陷，而且，每一项头衔都使我觉得自己的面目更为模糊起来。人生一世如果是日中的赶集，则我的囊橐空空，不是因为我没有财富而是因为我手中的财富太大，它是一块完整而不容割切的金子，我反而无法用它去购置零星的小件，我只能用它孤注一掷来购置一份深情。爱我更多，好让我的囊橐满胀而沉重，好吗？

爱我更多，好吗？因为生命是如此仓促，但如果你肯对我怔怔凝视，则我便是上戏的舞台，在声光中有高潮的演出，在掌声中能从容优雅地谢幕。

我原来没有权力要求你更多的爱，更多的激情，但是你自己把这份权力给了我，你开始爱我，你授我以柄，我才能如此放肆如此任性来要求更多。能在我的怀中注入更多醇醪吗？肯为我的炉火添加更多柴薪否？我是饕餮的，我是贪得无厌的，我要整个春山的花香，整个海洋的月光，可以吗？

爱我更多，就算我的要求不合理，你也应允我，好吗？

二 爱我少一点，我请求你

爱我少一点，我请求你。

有一个秘密，不知道该不该告诉你，其实，我爱的并不是你，当我答应你的时候，我真正的意思是：我愿意和你在一起，一起去爱这个世界，一起去爱人世，并且一起去承受生命之杯。

所以，如果在春日的晴空下，你肯痴痴地看一株粉色的"寒绯樱"，你已经给了我最美丽的示爱。如果你虔诚地站在池畔看三月雀榕树上的叶苞如何——骄傲专注地等待某一定时定刻的爆放，我已一世感激不尽。你或许不知道，事实上那棵树就是我啊！在春日里急于释放绿叶的我啊！至于我自己，爱我少一点！我请求你。

爱我少一点，因为爱使人痴狂，使人颠倒，使人牵挂，我不忍折磨你。如果你一定要爱我，且爱我如清风来水面，不黏不滞。爱我如黄鸟度青枝，让飞翔的仍去飞翔，扎根的仍去扎根，让两者在一霎的相逢中自成千古。

爱我少一点，因为"我"不只住在这一百六十厘米的身高中，并不只容纳于这方趾圆颅内，请到书页中去翻我，那里有缔造我骨血的元素；请到闹市的喧哗纷杂中去寻我，那里有我的哀恸与关怀；并且尝试到送殡的行列里去听我，其间有我的迷惑与哭泣；或者到风最尖啸的山谷、浪最险恶的悬崖、落日最凄艳的草原上去探我，因为那些也正是我的悲怆和叹息。我不只在我里，我在风我在海我在陆地我在星，你必须少爱我一点，才能去爱那藏在大化中的我。等我一旦烟消云散，你才不致猝然失去我，那时，你仍能在蝉的初吟、月的新圆中找到我。

爱我少一点，去爱一首歌好吗？因为那旋律是我；去爱一幅画，因为那流溢的色彩是我；去爱一方印章，我深信那老拙的刻痕是我；去品尝一坛佳酿，因为坛底的醉意是我；去珍惜一幅编织，那其间的纠结是我；去欣赏舞蹈和书法吧——不管是舞者把自己挥洒成行草篆隶，或是寸管把自己飞舞成腾跃旋挫，那其间的狂喜和收敛都是我。

爱我少一点，我请求你，因为你必须留一点柔情去爱你自己。因我爱你，你便不再是你自己，你已是我的一部分，所以，把爱我的爱也分回去爱惜你自己吧！

听我最柔和的请求，爱我少一点，因为春天总是太短太促太来不及，因为有太多的事等着在这一生去完成去偿还，因此，请提防自己，不要爱我太多，我请求你。

矛盾篇之二

一　我渴望赢

我渴望赢，有人说人是为胜利而生的，不是吗？

极幼小的时候，大约三岁吧，就为听外婆说一句故乡的成语"吃辣——当家"，就猛吃了几大口辣椒，权力欲之炽，不能说不惊人了。

如果我是英国贵族，大约会热衷养马赛马吧？如果我是中国太平时代的乡绅，则不免要跟人斗斗蟋蟀，但我是个在台湾长大的小孩，习惯上只能跟人比功课。小学六年级，深夜，还在同学家的饭厅里恶补，补完了，睁开倦眼，摸黑走夜路回家。升学这一仗是不能输的，奇怪的是那么小的年纪，也很诡诈的，往往一面偷偷读书，一面又装着视死如归的气概，仿佛自己全不在乎。

考取北一女中是第一场小赢。

而在家里，其实也是很霸气的。有一次大妹执意让母亲给她买两支水彩笔，我大为光火，认为她只需借用我的那支旧笔就可以了，而母亲居然听了她的话去为她买来了，我不动声色，第二天便要求母亲给我买四支。

"为什么要那么多？"

"老师说的！"我绝不改口，其实真正的理由是，我在生气，气妹妹不知节俭，好，要浪费，大家就一起来浪费，你要两支，我偏要四支，我就不能输给别人的！

母亲果然去买了四支笔，不知为什么，那四支笔仿佛火钳似的，放在书包里几乎要烫着人了。我暗暗立誓，从今以后，不要再为自己斗气争胜了，斗赢了又如何呢？

有一天，在小妹的书桌前看到一张这样的纸条：

下次考试：

数学要赢 ×××

语文要赢 ×××

英文要赢 ×××

……

不觉失笑，争强斗胜，一至于此，不但想要夺总冠军，而且想一项一项去赢过别人，多累人啊——然而，妹妹当年活着便是要赢这一场艰苦的仗。

至于我自己，后来果真能淡然吗？有的时候，当隐隐的鼓声扬起，我不觉又执矛挺身，或是写一篇极难写的文章，或是跟"在上位者"争一件事情。争赢求胜的心仍在，但真正想赢过的往往竟是自己，要赢过自己的私心和愚蠢。

有一次，在报上看到英国特工去救出伊朗大使馆里的人质，在几分钟内完成任务大获全胜，而他们的工作箴言却是："Who dares wins."（勇于敢者胜），我看了，气血翻涌，立刻把它钉在记事板上，天天看一遍。

行年渐长，对一己的荣辱渐渐不以为意了，却像一条龙一样，有其颈项下不可批的逆鳞，我那不可碰不可输的东西是"中国"。不是地理上的那块，而是我心中的这块隐痛：当我俯饮马来西亚马六甲的郑和井，当我行经马尼拉的华人坟场，当我在纽约街头看李鸿章手植的绿树，当我在哈佛校区里抚摸那驮碑的赑屃，当我在韩国的庆州看汉瓦当，在香港的新界看邓围，当我在泰北山头看赤足的孩子清晨到学校去、赶在上泰国政府规定的泰文课之前先读中文……我所渴望赢回的是故园的形象，是散在全世界有待像拼图一般聚拢来的中国。

有一个名字不容任何人污蔑，有一个话题绝不让别人占上风，有一份旧爱不容他人来置喙。总之，只要听到别人的话锋似乎要触及我的中国了，我会一面谦卑地微笑，一面拔剑以待，只要有一言伤及它，我会立即挥剑求胜，即使为剑刃所伤亦在所不惜。

属于我自己的轮盘或赢或输又算什么，大不了是这百年光阴的一次小小押宝罢了。而五千年的传统，十亿生灵的祸福却是古往今来最悲切的投注了，怎能不求其成呢！

上天啊，让我们赢吧！我们是为赢而生的，必要时也可以为赢而死，因此，其他的选择是不存在的，在这唯一的奋争中给我们赢——或者给我们死。

二 我寻求挫败

我一直都在寻求挫败，寻求被征服被震慑被并吞的喜悦。

有人出发去"征山"，我从来不是，而且刚好相反，我爬山，是为了被山征服。有人飞舟，是为了"凌驾"水，而我不是，如果我去亲炙水，我需要的是涓水归川的感觉，是自身的消失，是形体的涣释，精神的冰泮，是自我复归位于零的一次冒险。

记得故事中那个叫"独孤求败"的第一剑侠吗？终其生，他遇不到一个对手，人间再没有可以挫阻自己的高人，天地间再没有可匹敌可交锋的力量，真要令人忽忽如狂啊！

生来有一块通灵宝玉的贾宝玉是幸福的，但更大的幸福却发生在他掷玉的刹那。那时，他初遇黛玉，一照面之间，彼此惊为旧识，仿佛已相契了万年。他在惊愕慌乱中竟把一块玉胡乱砸在地上，那种自我的降服和破碎是动人的，是一切真爱情最醇美的倾注。

文学史上也不乏这样的例子，陈师道曾经"一见黄豫章（黄山谷）尽焚其稿而学焉"，一个人能碰见令自己心折首俯的高人，并能一把火烧尽自己的旧作，应该算是一种极幸福的际遇。

《新约》中的先知约翰曾一见耶稣便屈身降志说："我仅仅是以水为你们施洗礼的，他却以灵为你们施洗礼，我之于他，只能算一声开道的吆喝声！"《红拂传》里的虬髯客一见李靖，便知天下大势已定，乃飘然远引，那使男子为他色沮、女子为他夜奔的，大唐盛世的李靖，我多么想见他一眼啊！清朝末年的孙中山也有如此风仪，使四方豪杰甘于俯首授命。人生的悲剧原不在头断血流，在于没有大英雄可为之赴命，没有大理想供其驱驰。

我一直在寻找挫败，人生天地间，还有什么比挫败更快乐的事？就爱情言，其胜利无非是最彻底的"溃不成军"，就旅游言，一旦站在千丘万壑的大峡谷前感到自己渺如蝼蚁，还有什么时候你能如此心甘情愿地卑微下来，享受大化的赫赫天威？又尝记得一次夏夜，卧在沙滩上看满天繁星如雨阵如箭镞，一时几乎惊得昏呆过去，有一种投身在伟大之下的绝望，知道人类永永远远不能去逼近那百万光年之外的光体，这份绝望使我一想起来仍觉兴奋昂扬。试想全宇宙如果都像一个窝囊废一样被我们征服了，日子会多么无趣啊！读对圣贤书，其理亦然。看见洞照古今长夜的明灯，听见声彻人世的巨钟，心中自会有一份不期然的惊喜，知道我虽愚鲁，天下人间能人正多，这一番心悦诚服，使我几乎要大声宣告说："多么好！人间竟有这样的人！我连死的时候都可以安心了！因为有这样优秀的人，有这些美丽的思想！"此外见到特蕾沙在印度，史怀哲在非洲，或是八大石涛在美术馆，或是周鼎宋瓷在博物院，都会兴起一份"我永世不能追慕到这种境界"的激动，这种激动，这种虔诚的服输是多么难忘的大喜悦。

　　如果此生还有未了的愿望，那便是不断遇到更令人心折的人，不断探得更勾魂摄魄荡荡可吞人的美景，好让我能更彻底地败溃，更从心底承认自己的卑微和渺小。

矛盾篇之三

一 狂喜

仰俯终宇宙，不乐复何如。

曾经看过一部沙漠纪录片，荒旱的沙碛上，因为一阵偶雨，遍地野花猛然争放，错觉里几乎能听到轰然一响，所有的颜色便在一刹那蹿上地面，像什么壕沟里埋伏着的万千勇士奇袭而至。

那一场烂漫真惊人，那时候，你会惊悟到原来颜色也是有欲望、有性格，甚至有语言有欢呼的！

而我自己的生命，不也是这样一番来不及的吐艳吗？细想起来，怎能不生大感激大欢喜，就连气恼郁愤的时候，反躬自问，也仍是自庆自喜的，一切烦恼原是从有我而来，从肉身而来，但这一个"我"这一个"肉身"却也来之不易啊！是神话里的山精水怪桃柳鱼蛇修炼千年以待的呢！即使要修到神仙，也须先做一次人身哩！《圣经·新约》中的耶稣，其最动人处便在破体而出舍入尘寰而为人身，仿佛一位父亲俯身于沙堆里，满面黑污地去和小儿女办家家酒。

得到这样的肉身，是所有的动物、植物、矿物仰首以待的，天上神明俯身以就的，得到这样清亮飒爽如黎明新拭的肉身，怎能不大喜若狂呢？

莎士比亚在《第十二夜》里有一段论爱情的话：

你要这样想："求爱得爱固然好，没有求，就给你，更足宝。"

如果以之论生命，也很适用，这一番气息命脉是我们没有祈求就收到的天宠，这一副骨骼经络是不曾耕耘便有的收获。至于可以辨云识星的明眸，可以听雨闻风的聪耳，可以感春知秋的慧觉，哪一样不如同悬崖上的吊松，野谷里的幽兰，是一项不为而有不豫而成的美丽。

这一切，竟都在我们的无知浑噩中完足了，想来怎能不顶礼动容，一心赞叹！

肉身有它的欲苦，它会饥饿——但饥饿亦是美好的，没有饥饿感，婴儿会夭折，成人会消损，而且，大快朵颐的喜悦亦将失落。

肉身会疲倦困顿——但世上又岂有什么仙境比梦土更温柔。在那里，一切的乏劳得到憩息，一切的苦烦暂且卸肩，老者又复其童颜，羸者又复其康强，卑微失意的角色，终有其可以昂首阔步的天地，原来连疲倦困顿也是可以击节赞美的设计，可以欢忭踊颂的策划。

肉身会死亡，今日之红粉，竟是明日之髑髅，此刻脑中之才慧，亦无非他年蝼蚁之小宴。然而，此生此世仍是可幸贺的。我甘愿做冬残的槁木，只要曾经是早春如诗如酒的花光，我立誓在成土成泥成尘成烟之余都要哂然一笑，因为活过了，就是一场胜利，就有资格欢呼。

在生命高潮的波峰，享受它。在生命低潮的波谷，忍受它。享受生命，使我感到自己的幸运，忍受生命，使我了解自己的韧度，两者皆令我喜悦不尽。

如果我坚持生命是一场大狂喜而激怒你，请原谅我吧，我是情不自禁啊！

二　大悲

生命中之所以有其大悲，在于别离。

而其实宇宙万象，原不知何物为"别"，"别"是由于人的多事才生出来的。萍与萍之间岂真有聚散，云与云之际也谈不上分合。所以有别离者，在于人之有情，有眷恋，有其不可理喻的依依。

佛家言人生之苦，喜欢谈"怨憎会""爱别离"，其实，尤其悲哀的应该是后者吧？若使所爱之人能相依，则一切可憎可怨者也就可以原谅。就众生中的我而言，如果常能与所爱之人饮一杯茶，共一盏灯，就知道小女孩在钢琴旁，大儿子在电脑前，并且在电话的那一端有父母的晨昏，在圣诞卡的另一头有弟弟妹妹的他乡岁月。在这个城或那个城里，在山巅，在水涯，在平凡的公寓里住着我亲爱的朋友们，只要他们不弃我而去，我会无限度地忍耐那不堪忍耐的，我会原谅一切可憎可怨的人，我会有无限宽广的心。

然而，所谓"怨憎会"与"爱别离"其实也可以指人际以外的环境和状况吧？那曾与你亲密相依的密实黑发，终有一日要弃你而去，反是你所怨憎的白发或童秃来与你垂老的头颅相聚啊！你所爱的颊边的蔷薇，眼中的黑晶，终将物化，我们被强迫穿上那件可怨可憎的松垮得不成款式的制服——我指的是那坍垮下来的皮肤。并且用一双蒙眬的老花眼去看这变形的世界。告别那灵巧的敏慧的曾经完成许多创造的手，去接受颤抖的不听命的十指，整个垂老的过程岂不就是告别那一个自己曾惊喜爱赏的自己吗？岂不就是不明不白强迫你接受一个明镜中陌生的怨憎的与我格格不入的印象吗？

而尤其悲伤的是告别深爱的血中的傲啸，脑中的敏捷，以及心底的感应，反跟自己所怨憎的沉浊、麻木和迟钝相聚了。这种不甘心的分别与无奈的相聚恐怕不下于怨偶的纠结以及情人的远隔吧，世间之真大悲便该是这一类吧？

死是另一种告别，不仅仅是告别这世上恋栈过的目光，相依过的肩膀，爱抚过的婴颊——死所要告别的还要更多更多：自此以后，我那不足道的对人生的感知全都不算数了，后世之人谁会来管你第一次牙牙学语说出一个完整句子所引起的惊动和兴奋，谁又会在意你第一次约会前夕的窃喜，至于某个老人垂死之前跟一条狗的感情，谁又耐烦去记忆呢？每一个人自己个人惊天动地的内在狂涛，在后人看来不过是旋生旋灭的泡沫而已。活着的人要把自己的琐事记住尚且不易，谁又会留意作古之人的悲欢呢？死就是一番彻底的大告别啊，跟人跟事，跟一身之内的最亲最深的记忆。宗教世界虽也谈永生和来生，但毕竟一切都告一段落，民间信仰中的来生是要先涉过忘川的，一切从此便告一了断。基督教的天堂又偏是没有眼泪的地方——可是眼泪尽管苦涩，属于眼泪的记忆却也是我不忍相舍的啊！生命中尖锐的疼痛，最无言的苍凉，最疯狂的郁怒，我是一样也舍不得忘记的啊！此外曾经有过的勇往无悔的用情，披沙拣金的知识，以及电光石火的顿悟，当然更是栈栈不忍遽舍的！一只鹭鸶不会预知自己必死的命运，不会有晚景的自伤，更不会为自己体悟出的捉鱼本领要与自身一同消失而怅怅，人类才是那唯一能感知"怨憎会"和"爱别离"之苦的生物啊，只因我们才有爱憎分明的知觉，才有此心历历的判然。

人生的大悲在斤斤于离别之苦，而离别之苦种因于知识，弃圣绝智却又偏是众生做不到的，没有告别彩笔以前的江淹曾写下"黯然销魂者唯别而已矣"，等彩笔绮思一旦被索还，是不是就不必销魂了呢？我是宁可胸中有此大悲凉的，一旦连悲激也平复消失，岂不更是另一番尤为彻骨的悲酸？

第三辑　四梦

一棵拔腹而起的松树

初固为尚书，梦松树生其腹上，谓人曰，松字
十八公也，后十八年吾其为公乎，卒如梦焉。

《三国志·吴书》

那是一则接近两千年的故事了，在三国时期，江南，山
明水秀的苏州，一个安静的夜晚，丁固入梦了，传说中丁固
梦见一棵松树。

奇怪的是，从许多年前第一次读到这故事起，我就开始
恍惚起来，觉得那梦于我也是如此亲切真实，仿佛是我昨夜
才做的一般。

在一片柔和广袤的平原上，一棵小小的松树从从容容地

长了起来，没有人看得出它在成长，但它却转眼间成为一根金梁玉柱，它的针叶如箭，每一根都既有急于脱弦而去饱满，也有怡然老死此间柔情。那老干嶙峋枯索，必须以墨汁用尽后最干涩的一支笔才画得出来的，却又生机盎然，可以任由人类从神秘的裂纹去卜知千年的命运。

而略一回顾，哪里有什么平原，哪里有什么河川，盘古的神话里曾有"血液为江河，肌肉为田土"的变异，但在丁固小小的梦中，一切又还原了，平原又重新成为人类的胸腹，广阔无限，包容无限，坦荡无限的胸怀，像大地一样的胸腹，长得出一棵松树的胸腹。

唯有那样柔和丰实的地方才配拔出那种苍翠，也唯有那样云楼烟缭的一棵老松才配托生在那种厚德安详的地方。

如果是在西方，这样的故事恰恰好是一幅超现实的画，荒唐诡秘，标价三百万，悬在画廊上，让人去议论。

但在中国，作为传统的以天下为己任的知识分子，丁固醒来，他开始分析自己，松是什么意思呢？松是"木"和"公"，松树一向是森林中的酋长吧！而梦松又代表什么呢？是不是代表自己有更多的更强烈的从公的愿望？

十八年后，他官至司徒，当年的梦应验了。如果你要知道"司徒"是什么意思，我们不妨说，大约等于教育部长。

　　而两千年过去了，每次我看到一棵松树，画上的，或者土地上的，我总是忍不住走过去，轻轻地探询道：

　　"喂，你还记得你的身世吗？你原来是长在我梦里的那一棵啊，你的原籍贯就是我的胸腹啊，你被人移植到这里来了，可是，不管你身在何处，你要记得我们分明是相系相属的生命啊！"

　　丁固替我做了那个昂藏的梦，在两千年前。而我，替他持续着这梦，在两千年后。但是，或在生前或在身后，我，能够在人间留下一片蜿蜒曲折的苍翠吗？

书·坠楼人

　　那书楼看来是从山谷中起建的，盖得太高，顶层刚好和山的峰头齐平。

　　而我是偶然经过山头的行客，书楼的顶层刚好是玻璃的，我便俯身而望，看见众生在书山书海中攀爬泅泳。我看得欣然心喜，竟决定下去走一遭，我遂自山头纵身揭盖而入，在顶层游走，顶层有格形的梁木，格子与格子间仍然巧妙地放进大排的书。

　　下面，千尺以下的大厅是石板铺的，光洁冷隽，许多人在冻白色的灯光里安静读书。

　　而我却妄想读最高处的藏书。

　　忽然，我发现那些格子形的梁柱全是天花板上的装饰品，它经不住我吊挂其上的身体的重量，忽然弯曲而断裂了，我失手落下，直坠向千尺以下的大厅。

在我急速下坠的时候，两侧的书如车厢旁的逝景，匆匆过目。

奇怪的是当时竟不害怕死亡，心里清楚地知道自己就快要跌死了，几秒钟以后，等我坠地的刹那，此生此世便完了。但同时又更清楚地感到，人生百年，疾如春郊试马，蹄声总是在乍闻时消失，并不见得比这番坠楼更为舒迟缓慢吧？而属于我的日子本来无非是一场无止境的书海生涯，跟此刻"坠身千尺楼，急览四壁书"又有什么差别呢？

我听天由命地任自己往下坠去，反正是身不由己了。

坠至半途，我忽然生出小小的不甘心来。奇怪的是正在那一霎间，我的手里多出了一团泥，我顺手一捏，捏出了一张人脸。

然后，我落到地上，我感到自己已顺理成章地死去，我这出于尘土的身体终于又归于尘土，寂然中也并没有什么特别的遗憾。然后，我急着去看那片泥塑，它竟完整无缺地躺在地上，奇怪的是它不但上了釉，而且也经过烧窑，变成一件很完整的作品了。那脸显然并不像我，但至少它是在我眼睛望向书海的时候，手里捏塑出来的一张脸，它是我在人间的留痕。

　　千尺书楼中坠下的我是个什么样子，我当时竟毫无兴趣回顾，只痴痴地看着和自己同时坠下的那片泥塑。

　　然后，我醒来，自一个爽冷的冬夜。

待 理

　　我梦见我在整理东西，并且在屋子里摸摸索索地走来走去。整东西倒不奇怪，我这半生都在整理东西，并且一直也没整理好。其中大而言之，是想整理自己，自己的所爱所憎所欲所求所歌所哭；小而言之，是想整理好桌上的信件，柜中的资料，黄昏时从斜阳里收回来的衣服，或者一阵雨后满阳台的落叶。

　　我一直都在整理，并且一直也没整理好，例如一颗女儿小时落下的乳牙，我每次把它从桌上拿起来，迟疑许久，想用资料分类法的观念把它放入什么地方去，可是，女儿是我的骨肉，乳牙是她的骨肉，对于骨肉的骨肉，我偏着头呆想，不知哪一种档案里可以容它。于是，我又把它放回桌上，我的桌子至今仍是"待整理"状态，人世间原有太多归不了档的东西。

而在梦中，我忽然翻出了一件大东西，我费力地辨认那东西，发现是一个人体！我再仔细看，原来是死去许久的人体，干而脆，并且极轻，摸起来像陈年的旧灯笼，内层是支离破碎的竹篾，外层是剥落的薄纸，我追根究底地又看了一遍，才有一个惊人的大发现，那不是别人，它正是我自己！梦里的我不免纳闷道：

"奇怪，原来我死了，怎么都没有人来告诉我一声？"

我忽然决定要去埋她，这一次决定做得干脆利落，与我平时整理杂物的作风完全不同。

然后，我醒了并且听到四月清晨雀鸟的碎语，我忽然不知道该怎么整理这段梦。不是前天梦中还傻里傻气为了答不出考卷上的问题而急得自以为仍是"考试如天大"的十六岁小女孩吗？怎么忽然之间又把回望的头向前看，并且看到了死亡？更奇怪的是居然我已成灰成尘，仿佛死在古代的汉墓或大漠沙冢中的女子，难道梦中的我是千年后的我，偶发清兴，又来这世上整理旧档案吗？

一向被朋友看作积极乐观，其实就我自己而言，我只承认"贪心"，像抓住满把糖果舍不得放手的小孩，既酗烟雨，又爱晴岚；既仰古松千丈，复不免栈栈于匍匐在阴湿处的小苍苔。然而，我之所以贪惜，所以疼热，恐怕都是由于深知这一切皆是稍纵即逝，那些秉烛夜游的人，那些皓首穷经的人，那些餐霞饮露以修道的人，其基本背景恐怕皆是由于感知生命的大悲凉与大怆痛吧！

今年春天，我对友人说：

"我相信爱情，不相信生命，虽然前者也脆弱。"

生命是一项随时可以中止的契约，爱情在最酽美的时候，却可以跨越生死。

推醒身边那人，我絮絮地说着自己的梦，他听完了，忽然拥住我，答非所问地说：

"谢谢！谢谢你！"

"谢？谢什么？"

"谢谢你仍然活着，并且在我身边。"

我一时语哽，忽然，我发觉了更多有待整理的纷杂，只是，我真的要整理它吗？

我要去放风筝

我一直在追想，想刚才我做了一个怎样的梦。

怎样的梦呢？仿佛是黎明前，又好像是黄昏，总之，天地玄漠，当然，其实也可能是下午，你知道，有乌云的下午有时也会黑糊一片的。

蟒黑中，有一小伙人在走路，我自己也在里面。啊，请不要怪我啰唆，你会想我既然在追述我的梦，情节里自然是有我的啰，何必多说"我也在里面"。其实不然，我虽然常做梦，梦里也有繁复的情节，奇怪的是我往往只是站在旁边看的人，梦里惊心动魄的生生死死，我是不涉足的。当然，也许你会说我这人太冷，冷到连做梦都袖手旁观，但不可信的是我虽站在某个自己也说不上来的角度看世情，却不免冷眼热肠，有时竟会从梦中哭醒，是否我是那云端童子，参透世情所以不肯一驻足，所以宁可隔云洒泪，是不是呢？

我说到哪里了？我说到我在一片混沌中行走，我要去哪里呢？啊，对，我想起来了，我要去放风筝。我现在知道我为什么醒来以后还这么兴奋了，原来梦里的我是要去放风筝的。

可是，我要去哪里放风筝呢？

我不知道啊，我只知道自己要去放风筝，所以很快乐。

还有，那样黯淡昏索的光线，似乎也没有吹什么风，风筝飞得起来吗？

我不知道，我只知道自己要去放风筝，所以很快乐。

对了，最最重要的，我手里好像根本就没有风筝，而且我也不知道风筝该怎么放。

可是，那有什么关系呢？那只是梦，梦里的我只一团欢喜，只要让我知道我正在走着，并且要去放风筝，我就能兴奋得为此走它一个天涯。

但我却醒来了，醒来了，因而重获所有的思考能力、策划能力以及逻辑推理和智慧，但却不再是梦里的我，那傻傻地一径往前急走欢欢喜喜要去放风筝的我。

我此刻坐在这里胡思乱想，是在咀嚼什么呢？我知道仁

慈的上苍总是会答应我的恳求，问题是：愚蠢的我不知道该
祈求什么？是否该求上苍让我更憨痴更混沌，把整场生命也
看作一场放风筝，不管手里有没有风筝，不管自己会不会放，
更不管有没有风，有没有好玩伴，只要兴兴头头地知道自己
要去做一件事情，便已经欢欣不尽了。还是求上苍让我做一
个清清楚楚的醒者，如此刻的我，怅怅地发现自己手中并没
有风筝，并且也没有一个可以让我去放风筝的黄昏呢？

第四辑　那年秋天

他人的情节

十一月初，在上午与下午的课之间，我匆匆过海赶到铜锣湾，要领一张香港政府发的"身份证"，我对这份小小的证件十分好奇，有了这份证件我就不是"观光客"了，我讨厌做个观光客。香港最近是"换证期间"，大部分的人还是用旧证，我却反而有一张电脑处理的新证，觉得很可以神气一下。

领完了证，我到楼下大厅。旧式的房子，大厅里有一份安静的黯败气氛，走到长椅前，画家Y果然坐在那里，穿一身浅土色的衣服，像一堵矮泥墙，斑驳而又耐久。自从三年前跟癌症短兵相接，他多了一份沉着应战的气质，我把眼镜交在他手里，没好气地说：

"天哪，你这乱丢东西的习惯几时才改，幸好我今天本来就要过海，所以顺便给你送来，否则不知道要等到哪一天……"

眼镜是昨天大伙儿在我的住处聊天时掉的，昨晚是丈夫盘桓香港的最后一夜，沙田帮的余光中和二黄一梁（黄维梁、黄国彬、梁锡华）以及钟玲和Y在一起聊得很晚。人散后，才发现有副眼镜在桌上。不用问当然是他的。

"我有件事，刚好要跟你商量——"他不理我，自顾自地说了起来，"我母亲就要来，我弟弟陪她来，我现在借住的地方是人家的一小间，我想借住你家好不好，房租我来付。"

"你付租金是不行的，这房子是学校买的，学校买了租给我们，只合市价的四分之一，我们不可以拿它来做二房东，甚至即使不拿钱，免费让别人住也是不行的，不过你是暂住，我去问问学校好了。"

我要赴港教书的时候，Y也在办手续，理由也是教书，书是真的教，在一所设计学院，但真正的大事却是要会母亲。

十六岁，离家去当兵，今年五十二岁，母子不见竟已经三十六年了？二年前，Y病势最猛的时候，父亲一病不起。他大概因此痛下决心，剩下的寡母此生无论如何也要见一面。

我的日子原过得平静安详，清洁工一周来为我拖一次地板，我自己大约五天去一次菜场，主要不是为买菜，而是为了买贵得令人心疼的鲜花。小小的墙角有时是虎斑百合，有时是野姜花，有时则是蓝紫蓝紫的鸢尾。

而沙田的秋天又据说是一年间最好的。

这样平静的生活如果加入远从一千公里外来的客人不知会变成什么样子？在我自己的朋友之间，做个成功的女主人我自信是游刃有余的，但要招待海峡彼岸的人，我却有些趔趄。

跟学校的事务处说妥了，我又去向隔壁左教授家借了一张床来，Y每天去买一些日用品搬来，逐渐地也布置出两个房间。Y生一张圆圆的娃娃脸，这几天看来有点焦急，益发像小孩子。

十一月五日星期六晚上，Y到刘国松家去吃饭，想他们那一代，当年也真是风云际会一番盛景，现在虽然都已卓然成家，却不免反而少了一番喧呶不安的骚动。

晚上一个人独自改学生的小说，学生毕竟是学生，想人间万事，哪一处不是奇峰异岭，惊涛骇浪，他们的情节却老是一板一眼，像学院里的钟声。

忽然电话响了，接线生问我是不是某某号码。

"是的。"

"Y 先生在吗？"

"不在，他明天才搬来。"

这接线生也忒啰唆，我的广东话三句两句就不够用了，只好赶快告饶：

"喂，我说'国语'得不得？"

没想到这句话居然有神效，她立刻相信电话接对了，匆匆交代一句："深圳来的长途电话。"就让我们说话了。

"喂，是 Y 先生的弟弟吗？"

"是啊，是啊，我们现在到深圳了，明天一早搭车到九龙。"

"不是说明天才到深圳吗？"我的问话显然不太礼貌，只是心里着急，家里被褥等物还未齐备，不免有措手不及的懊恼。

"是啊，是啊，我们到早了。"他也急着解释，一开始他的话倒也像"国语"，一急了，就变成湖南话了。

湖南，唉，湖南这地方，我是知道的啊！从十七岁至今，我的岁月是和一个湖南人共度的啊！早已习惯于湖南式的急，湖南式的热，湖南式的直，以及湖南式吵吵嚷嚷热热闹闹的生活方式。而今真有一个湖南人自湖南来了，在深圳，在华夏的故土上，借神奇的一线与我相谈，我却悚然而惊了。

挂断电话，一时还不能适应"我和海那边的人说过话了"的激动，又忙拨一个电话到台北，台北的孩子刚看完港剧《天蚕变》，故事中的诡谲万变又怎能抵得上人间的悲欢离合，然而孩子又知道什么呢？

"妈妈刚刚接到一通深圳来的电话，是 Y 叔叔的弟弟打给他的，没想到被我接到了。哎呀，你们知道吗，那 Y 叔叔离家去当兵的时候才十六岁呢，质修，你现在也十五岁半了，你想想，就像你这么大，就走了，这一走，就三十六年哪！要是你现在开始三十六年看不见妈妈那可怎么得了！你想想，那可怎么得了……"

接着在长途电话里谈了些《天蚕变》以及儿子名列建中荣誉榜的事（奇怪，想起来，我家四个人中其他三个都是好人，丈夫刚得了教育部门的奖，儿子是建中荣誉班的荣誉生，女儿是金华女中的模范生，只有我不乖，跑到香港来"作场"），挂了电话又赶紧收拾屋子，在香港这种地方独自住着九百多平方尺（二十六坪）的屋子，听到的人都露出一脸不以为然的惊愕，弄得我简直有犯罪感。平时我霸住三间卧房，此刻不免手忙脚乱地收拾起来，并且搬了张凳子打算把这些平日散放的行李袋放到最高层的柜子里，不料柜门一打开，咦，居然有一个大白信封在里面，拿起来一看，是丈夫偷偷留下的。

原来他是为下礼拜我们的结婚纪念日预做部署，我不自觉地笑起来。哈，他的诡计我懂了，到时候他一通长途电话，说："喂，你到最高层的柜子里去找，你看到什么啦？"他是想给我一个惊喜，想不到此人也有细腻的时候，我且不揭穿他，等到时候，我再说：

"嘿！嘿，你瞒得过我呀？我早看到啦！"

奇怪的是当时人站在高椅上，一手提着行李袋，脸上正笑着，不争气的眼泪却一颗颗直坠到地板上。丈夫是好丈夫，儿女是好儿女，职业也是好职业，台湾的教席正留职留薪，这边又占着"客座"，上天之厚我，师友之重我，一至于此。人生竟是可以如此幸运的吗？而在多年前的湖南乡下，为什么偏有一个三十六岁的母亲割舍了她十六岁的儿子，而今番重来相聚，已是发零目眊垂垂七十二岁矣。

我这人往往容易出神，当时一手拿着打算要放进高柜的行李袋，一手拿着丈夫留置的美丽贺卡，双脚还站在高凳上，两眼却怔怔地只顾流泪，竟忘了自己要做的事。过了好一会儿才惊醒过来，这凳上的小立竟恍然如几世几劫之隔。心里想，要好好待千里外的远客啊！不能一个人把福气都享完，也要分点给别人啊！

第二天早上，Y 先从海对岸提了一只大箱子来，据说那是做媳妇的给婆婆的见面礼。

"你吃早饭没有？"

"没有，没有，快走吧，到那里再想办法吧！"

他看来还算镇定，我想想，不敢相信他的体力能否支持，于是搬了一张前任房客留下的塑料小凳，又拿了一瓶白花油，在一位学生的护驾之下，浩浩荡荡往九龙火车站而去。

闸门开处人潮如涌，今天是礼拜天，小凳倒也发挥不少效力，但每有一批人来 Y 就赶快跳开凳子，往闸门跑去。

"现在才九点半，还早，深圳八点才做出关检查，路上要一个小时，到罗湖又要接受香港这边的检查，他们十点半以前根本不可能到。"

他虽然明知道我说得对，还是一班一班去找人。

在每班车之间他就有一搭没一搭地和我闲聊着：

"我妈妈生得多，四男三女，我最喜欢我的小弟弟，他长得像我，成天笑眯眯，胖胖的，一个斗子（斗子，就是湖南话的肚子）圆圆的。啊呀！又有车来了！"

车走了，他继续说：

"我母亲年轻的时候，很能绣花呢！远近出名的。"

我一面点头一面想，Y 的字画和卓然成一家言的美术理论，都是从湘绣的亮烈里衍生出来的吗？

"啊，又有一班车来了！"

班车亦如岁月啊，一颗心能禁得几番空等？终于，Y去打电话给刘国松，知道家人已通过二关检查，正由罗湖往九龙来了。

十一点四十分，又有一班车到，那班车看来就像，因为有些老老小小提提绊绊穿着褴褛的人，大家都拥到闸门去看，好心开车载我们的朋友此刻也高举起摄影机，忽听Y发一声模糊的闷哼，整个人冲到矮矮的票闸前。

闸门那边千百人中正走来一位一色藏青的老妇人，矮小枯黄，急得全身微颤，脸孔抽搐，那闸门必须规规矩矩把票根依箭头方向塞进缝里，才能转动一下放出一个人来，但一双仓皇抖索的老手猝然间又怎么应付这精密复杂的机关？一尺之隔，竟如天涯。（想三十六年来，隔断这对母子的岂不也只是咫尺！）终于有人想起帮她接过沉重杂乱的行李，有人帮她塞进票根，做弟弟的垂手站在旁边，母子两人来不及地抱头痛哭，呜呜咽咽含含混混也不知要说些什么，人潮一波一波继续涌出，竟没有谁停下来看一眼这场摧肝裂肠的重逢，守闸人漠然巡行，这现代的渡津舰公也许早已见惯这悲凄的镜头，竟视若无睹地行来走去。

"姆妈！"Y仍保持着孩提时候叫母亲的习惯。

"星妹子啊——"Y的母亲这样叫他，依湖南人的口语本来应该叫"星伢子"才对，"伢子"指男孩，"妹子"是女孩子，但Y是长子，比较得宠，家里从小特意把他叫成女孩，来蒙蔽小鬼，男孩命贵，小鬼会来抓，女孩命贱，可以躲过天妒。

我一时也鼻酸眼胀起来，奇怪的是在这极端激动的时候，却仍有余力来做心理分析。Y一向人缘好，他当兵的时候一度在湖口办诗刊，所有的东西全是赊来的，赊纸赊印刷、赊文具，为远方的朋友赊药都不奇，奇的是居然能到邮局里去跟售邮票的小姐赊邮票。中国邮政史上应该没有赊账一例，想必是那位小姐自己冒险代垫的，等发了薪水他如数还钱——以便下期再赊。有朋友笑他，说："Y呀，我看你在湖口那几年，除了棺材，也没什么你没赊过的东西吧！"

为什么他有这么好的人缘，该是因为他无心机的孩子式的笑容吧？他生得矮小，病后仍有一张圆脸圆眼，笑起来眼睛眯、鼻子皱，像个长不大的小孩，他怎样曾变成一个老孩子的？也许岁月一度停止，三十六年以来，离开母亲以后他似乎保持着某些最好的部分拒绝成长。直到此刻，岁月又接回来，接回十六岁，接回一个嘤嘤而哭的当年别母的湘阴少年。三十六年前，不能忘的故址，"湖南""汨罗""白水关北"……而此刻跳接到广九铁路线的尾站"九龙"……哭完了那一场，两人坐下，等那学生去停车场拿车。

"家里都好吗？叔叔好吗？"

"都好，都好，家里都好，你放心。"

奇怪，中国母子见面就这么简单明了吗？

"'文化大革命'没闹到我们家吗？"

"我们在乡下好得多，城里闹得厉害。"

十亿苍生何堪问！小小的凡人的心也只能问问自己一家一计的叔叔或子侄的安危。

回到家来，把他们从湖南乡下走了一千公里路途拎来的东西打开，不禁吓一跳，除了带给媳妇的湘绣，其他有些东西真有些不可思议：计有杀好的鸡四只，煮熟的鸡蛋十五枚和比鸡蛋略大的小橘子和小苹果各约十斤，藕粉、茶叶、炒豆子、花生米、辣椒粉（有人告诉他们香港人不吃辣椒，对一个湖南人而言，生活里没有辣椒是可怕的，所以干脆"有备无患"，自己带来），此外香肠的重量也恰恰好可以重得坠断一个手提袋的把手……

行李中有两只鸡由于愈往南走天愈热，此刻已经变了味，只好丢掉。

"跟你们长途电话说了，什么都别带，什么都别带，香港什么都买得到，你们还是……"Y的口气虽温和，却也有几分不耐。

"是啊，走远路的人，东西少提点好！"一屋子东西，连我也看得心烦，不觉插了一句嘴。

"不是我，"老太太说，"是你妹妹，我四号走，那天她杀了鸡买了香肠一定要我带来。"

我立刻语塞了，我的女儿若因变故三十六年不见她的哥哥，想来她也要请人送些好吃的去吧？我的简单朴素的生活现在弄得满屋子"湖南气氛"了，如果是十年前，不，也许甚至三年前，我都会为这些破败的穷相而暗自厌烦，但此刻，心里却只有敬虔，只有感谢，感谢上苍给我在香港人叠人的空间里能有余力分给我的朋友一席之栖，感谢这三十六年来一个家庭的故事的高潮铺排在我眼前。于是那发臭的鸡，挤破的鸡蛋，压烂的橘子，一一都焕发出完整的美丽，只因岁月已教会我懂得如何去看事象背后的深情。其中最令人不忍的是两样：一瓶是亡父坟上的黄土，另一包则是老太太在神佛面前供过的茶叶。他们是乡下种田人，不像其他我所见过的

"彼岸之人"那么能言善道，但一提起那包茶叶，老妇人立刻精神来了。

"供过的茶啊，好灵好灵的，你喝了这茶，病就好了，我自己去供的，爬好高的山呀，我自己上去的，我一个老人咧，人家都爬不上，我都爬上了……"

"那真是好，非喝不可！"说话的人是刚赶来的刘国松，我斜眼看过去发现他装得倒挺像，想不到这帮当年的"叛逆青年"此刻却也附和着要 Y 喝供茶，我其实也懂他的意思，情与理原是可以互为截补的。

想刘国松今日巴巴地赶来此处与 Y 母闲聊，一方面是因为和 Y 多年的友谊，二方面由于他是湖南女婿，三方面想来也是借此安慰自己失母的悲痛吧？刘国松的悲剧是另外一种，他的母亲虽然一度接来香港，此间的富庶安乐于她只如受天罚的人，干渴欲死，杯水在前，却偏不得饮。她曾一度因斗成病，成天不敢吃一点好东西，她一直坚持："都会知道的，有人会去报告，给他们知道了我吃好东西那就更糟了！"

她成天相信，有人就在隔壁监视她，最后，他们也只好让她回去过穷苦的日子。那样，至少她心安，不再疑神疑鬼了。现在想来又已是好些年前的事了，他的母亲终于正常了——她的枯骨如今不会再怕斗争大会，只是于人子而言，

不知是让不正常的母亲活着更悲痛呢？还是连不正常的母亲
也失去了更悲痛？算了，谁要问这种问题，还是计划什么时
候让刘太太陪他们上海洋公园玩玩实际点。

"这茶叶，是在哪一个菩萨前面供的呀？"我把话题接
下去。

"也不知是什么菩萨，那山叫陀罗山。"

陀罗山？想必很嵌岙难爬有如倒立陀螺吧？此茶是故土
所生，故水所养，想来是集故乡的清风明月山风水响合成一
叶，只此一叶已胜于佛经贝叶千张，但愿此茶亦如旧时笔记
小说中的"返生香"或"续断胶"，把一切破碎的黏合，让所
有受伤的重愈。

正吃着饭，Y 忽然没头没脑地放下筷子：

"现在，还有菌子捡没有？"

做弟弟的愣了一下，随即说：

"有，有，现在下了雨出去捡还有。"

"那菌子最好吃了！"

Y 说话像诗，每每是截头去尾，兀然相见的，说起菌子，
他的口气因固执截然而更像诗了，但也到此为止，似乎吃不
吃菌子也无关紧要，只要故土雨后潮湿的野地里仍会冒出那

小小圆圆的记忆就行了。人生，所能求的也就这么多吧？

"都说台湾生活水平差，是不是？"Y的弟弟问。

Y和我相对苦笑。

"Y一个月薪水五六百美金，"我说，"如果加上卖画就更多些——而我们这种人，在台湾还算穷的哩！"

Y的弟弟愣然不语了。

Y的母亲跑进去泡豆子茶，茶的内容包括自摘自制含有熏味的茶叶、盐、姜和一种炒豆，Y馋嘴地吃着，忽然很慎重其事地问：

"那种在泥里长的，挖出来吃的——那种一种下地第二年就挖也挖不完的，那叫什么呀？"

"你说洋姜吗？"

"对，对，对，就是洋姜，我本来想长途电话里叫你们带来的，就是想不起名字……原来是洋姜，对，就是洋姜！"

像是把拼图版上缺掉的一块嵌上去那么惊喜，Y反反复复地念着那个名字。生命里大风大浪大残破早都了然无挂碍了，偏是那小小的食物的名字那么牵牵绊绊不能割舍。

"唉，洋姜这东西呀，只要第一年种下去，以后就随你挖，挖到你想挖完也挖不完。"Y的弟弟在一旁热心解说。

这样强韧无所不至的生命力，世上原是有的，像乡愁，像亲情，像 Y 病后强悍的生存意志。

"下次你们回去的时候，我请一个人送你们进去，你们记得让他带一包洋姜出来！"

十一月初的香港有薄凉的夜。

病后的 Y 总是九点钟就去睡了，著名的沙田画舫泊在长窗下的城门河里，辉煌的灯光把河水流成赤金色。那一家三口全睡了。客厅里一排非洲紫罗兰在小几上开着丝绒似的叶子，一只半人高的玩具大熊猫兀自坐在厚羊毛上，白天所撕裂的伤口，夜又将之缝合了。不知那老母亲梦见什么，梦见由于"星妹子"的名字把鬼神骗到了？儿子仍是十六岁时鬼魅不侵的少年吧！而 Y 又梦见什么呢？梦见雨后的故土，那出产过《楚辞》的汨罗，潮湿清凉的春雨之后，林中冒出繁星似的菌子……我悄然四顾，惊奇自己今天像一个戏班里刚学戏的小戏子，常常糊里糊涂抽身不及跑到别人的剧情里去，遂也傻兮兮地跟着别人哭随着别人笑……

我在桌前坐好，照例把学生的小说拿来批改，唉，孩子们，只怪你们太年轻啊！生在太平岁月里，难怪你们搜索枯肠也编不出一则完整的故事来啊！小说原不是你们这么幸福

117

的人所能写好的，没有受过伤的心是一支尚未蘸墨的笔，不免干涩无文。而我栖身的这座小楼今日有多少繁复纠结写不完的情节啊！我把红笔放在作业本上，望着河对面由沙田而马场而上水而罗湖一路可以驶向广州的火车而出神。

双倍的年华

秋深以后，临近操场那条廊上总是有很好的阳光。但我每次走过的时候却不免微微心惊，怕学生的球奇袭而至。

而这一天早晨，蹦到我面前来的不是球，而是几个吱吱喳喳的女学生。

"张罗西，左惩！"（这是香港学生说"张老师，早晨"的发音。）

"你们正在打球吗？"

"是啊！"

"罗西，"一个圆脸而藏不住秘密的女孩子急急地指着另一个同学说，"今天是她的生日！"

"啊！"我转看那张阳光下粲然的脸，"Happy Birthday——

是几岁生日啊？"

"二十一岁！"

多么好的年龄，我暗想，而且，不多不少，刚刚正好是我的一半，我今年四十二，奇怪的是，我一点不嫉妒甚至一点不羡慕她的年龄，我心底隐秘的感受是无法跟这二十一岁的女孩说得清的！

四十二岁对我而言是成花复成果的喜悦，是依旧光鲜的千里豪情，是能爱能恨的亮烈，是懂得善于珍惜的悠然意远，却又是敢于孟然浪掷的痴绝。仍然有权利对山头的红霞出神而浑忘柴米油盐，仍然有拾起行囊就天涯踏遍的任性……

然而，就在这一霎，我的心恻恻地轻痛起来，是什么原因使一个四十二岁的女人不曾进入中年反而拥有双倍的年华，双倍的艳彩？只是由于一个男子忠实的纵容和无所不至的爱啊！二十年来被宠被惯被迷恋的我此刻千里相隔之际，忽然想起这一生难报的恩情。

与我携手走过二十岁的那男孩，如今已是与我并肩行过四十岁的男人。如果天假以年，让我们相扶走向六十或八十，则生平多承厚爱的我将有三倍的风采，四倍的清韵。

丝绵之为物

丝绵之为物，真的好缠绵啊！

第一次有一块丝绵，是在六岁那年，柔软的一团云絮，握在手里令人心怯，因为太轻太柔，你总疑惑它并不在你手里。及至把它铺在墨盒里，看起来就实在多了，却又显得太乖，令人心疼。母亲把黑墨汁倒下去，白色消失了，小墨盒忽然变成一块丰厚的黑沼泽，毛笔舐下去，居然可以写字了。

砚台不能留宿墨，墨盒却可以，砚台的拙趣小孩子当然不能欣赏，所以就单只爱那只墨盒，想不通一只盒子怎么可以关住那么多那么丰富不尽的黑。没有墨汁的时候，倒些清水也能写字，小小的方盒到底藏着多少待发的文采？犹记得墨盒上刻一个"闲"，是爸爸的名字，又刻着"二月十五日"，那是爸妈结婚纪念日。据说那一天是"花朝"，妈妈摇头说，日子没选好，花朝结婚，当然要生女儿了。我生在次年三月，杜诗里面"二月已破三月来"的好风好日，清明未交，春正展睫。对着一只墨盒知道妈妈的抱怨也是好话，所以有说不尽的身世之喜，小小的心里竟觉得那一对花朝而婚的父母原是为了应验翌年要生我这个女儿呢！而作为他们结婚纪念品的小墨盒也只为让孩提的我铺一片云絮，浇千勺墨汁，以完成我最初的涂鸦啊！

第二次再拥有丝绵已是三十年后的事了，那是一件丝绵袄。

从来没想到一件衣服竟可以如此和暖轻柔如日光如音乐如无物。余光中的诗里有一句："为什么抱你的总是大衣？"大衣的拥抱是僵硬笨拙的，而丝绵袄却恍如是从自己的身体里面长出来的一般。就像岛女及腰的盛发，把自己完密地披盖住。又像羊毛垂垂，从自己的毛孔中生发出来了。

再复想想，世上似乎只有我中国人穿丝绵袄，便又十分得意。而一根蚕丝是多么长的纤维，长如一只春蚕的由生到死的缠绵，长如春来千株桑树的回忆，长如黄帝嫘祖的悠悠神话，长如义山诗里纠纠结结欲说还休的爱情。

不要笑我总也脱不下那件苦茶色的老棉袄，我是有意要把它穿成自己的皮肤自己的肌理啊！

客居的岁月里，我去买了一床胭脂红的丝绵被。

小楼朝北，适于思乡的方向，但十一月以后却也是寒风蚀窗的方向。宿舍里只供毯子，我却执意非盖一床被不可。天气愈来愈冷，"买棉被"这件事几乎已经变成了一桩宣言，一种政治信仰，看见朋友就要重申一次。人在吃饭和睡觉这种事上的习惯大概是很不容匡正的吧！

被子买回来了，薄柔一片，匀匀地铺在床上，虽是单人的，却也实实地盖满了一张大床，看着看着，又想起方旗的诗来，诗句记不清，诗意却大抵是：

> 我的爱覆盖你
>
> 如一床旧被

而我的这一床更好，是婉转随人意的新被，这整个冬天，就要靠它来提供一份古典的、东方的、丝绸式的温柔了。想来，同舟共车固然是人世的大缘分，但一个人此生能在那张床上一憩、能就那根长杓一饮、能凭那一道栏杆小立，甚至婴儿时能裹那一条小被为襁褓，恐怕也都靠一段小小的因缘吧！

　　至于我自己这半年的岁月又是一番怎样的因缘呢？怎么会悠悠如云出岫，竟至离家千里，独到这面对一条横河的北楼上来落脚也实在想不分明啊！至于为何会和这里的一桌一椅一盘一碗一枕一衾相亲，恐怕也是一场绝不可知的神秘吧？而这丝被，腹中填着千丝万缕，其中每一纤每一绪何尝不是一个生灵的身世？一段娓娓的或蛾或卵或蛹或蚕的三生自叙。夜深拥被，不免怔怔入神，想此丝此绪究竟生于何村聚？成于何桑园？在何山之麓？何水之涯？在哪一日丝尽成茧？在哪一日缫绪成丝？至于那殷勤的养蚕人，冬天来时，她自己可曾有一张丝绵被可覆？一张被里有太多的故事太多说不清的因缘，但丝被太暖太柔，我终于想不透而躬身睡去，如同一只里茧成蛹的眠蚕。

　　不管天气会怎样继续湿冷下去，不管我如何深恨这僵手僵脚的日子，我已经决定原谅客中的冬日——由于那一床胭脂红的丝绵被。

欲泪的时刻

——遥寄刘侠，兼贺她的《大地注》和《生命注》

在开往京都的火车上，由于问路，认识了稻垣久雄教授，他热心地告诉我们该去哪些地方游历。他把风景和历史骄傲地叙述一遍，又带我们去叫包程的出租汽车，并且送我们上车。

临别的时候，他忽然指着地下铁隧道里几行有乳突形状的方砖说：

"有没有看出来？这些砖很不同。"

"是啊！为什么呢？"

"啊！"他那属于东方的喜怒不形于外的表情里又一次浮起隐约的傲意，"这是一种特别设计，为盲人做的，他们踩着这种砖，就知道往哪里走。"

虽然，旅行日本随时都有可爱的山水和建筑，但其撼动力却远不及一排方砖，那一排方砖使你了解这国家所有的不仅是昨日的传统，不仅是今日的科技，他们也是有明天的一个民族。一块有凸球的方砖里面有无微不至的体贴，有对于少数人的尊重，有天下一家的真实情感，有民主政治里最精华的为别人着想的善意。

那一霎，眼里充满泪水，什么时候我们自己的市政才能如此设想周到？

浸会学院有一座新落成的"方树泉图书馆"，楼高六层，我到职的第一天就赶不及地钻进去。

走到电梯口，忍不住愣住了，跟一般电梯口不同，竟有上下两排按键系统，上面那排跟一般电梯并无不同，下面那排却极矮，离地只两尺，弯腰一看，只见上面画着一张轮椅，原来是给残障的朋友预备的，及至进了电梯，电梯内部也一样有上下两组按钮。

我一时只觉气血上冲，顿时爱上这所学校，而且爱到骨头里面去了。这样好的学校，设想这样周到，似乎想尽一切办法，要让每一个人方便来上图书馆，这样的学校真当要好好为它尽心。

但让人想哭的是，在我以它为家的那块土地上，有没有哪一座大学的图书馆有这样两列按键系统？

我住的地方叫第一城，是二十几座楼组成的大厦群，每座楼高约二十七八层。每层至少有四个单位，算起来，可以看成一座座往上发展的小村落。

礼拜天，有许多老人在阳光里散步，我起先不太懂哪里跑出这么多老人来。

"香港政府发行一种金币，赚了不少钱，"朋友开始向我解释，"赚的钱他们在第一城买了四十几个单位分给一些老人住。"

"这就是你老是看到那么多老人的原因了。"朋友的先生也热心解释，"上一次社区里举办重阳节活动，所有的老人都可以免费去海洋公园玩呢！"

"有人给这件事取了个名字，叫'金星藏老'，就是说卖金币赚的钱用来买房子养老人！"

听到"金星藏老"这样古怪的句子忍不住大笑了，笑完了才发觉心底有一股抑压的欲哭的动情。

河出图
——记水禾田的黄河摄影系列

不该认识他的，那个背着摄影楼如持千家钵的行脚僧，更不该去看他背囊里那条黄河。

六月里一个下午，我坐在延吉街陶艺教室里拉坯，满身满手都是泥——那泥不是我所向往的塞北莽莽黄沙，也不是魂梦里的江南沃腴，而是一个都市人所能握住的一团泥，一团经人洗过揉过安安静静绝不惹是生非任我拉捏的一团熟泥。玩陶，大约是一种无奈的补偿——对没有土地的我而言。

这时候，他走进来，来拍摄这间陶艺教室。我们握手，我的手上都是泥，不免错觉上以为他的也是。那"径万里兮度沙幕"的行者，指罅间该留下多少尘沙和岁月。

十一月，我独坐在沙田客座教授的宿舍里，楼下城门河一水如带，他的电话来了。

"明天有没有空去明爱中心看我的幻灯节目，关于黄河的。"

答应以后立刻就后悔了，犯不着像晴沙上的蚌壳一样，把最柔弱的脏腑敞开，去冒险迎风曝日，任何一次利喙的俯冲都可以啄走不设防的心肝。

然而，还是去了。会场里人太多，我等第二次放映。这样也好，让我有一点时间来防御来武装。我像故事里练气的人，手无寸铁，却一心想练点什么可以罩住自己的东西，不能受伤，受伤的心最难结疤。

可是，一条浊流猝然横向天涯之际，仍不由得令人不落泪。作为一个中国人，所有的族谱之后，所有的张王李陈的姓氏之后，所有延父而上延祖而上延曾祖高祖太祖而上的探源溯本到最终处，那条血脉岂不都叫黄河？

"关关雎鸠，在河之洲"，所有的爱情，所有的神话，不都发端在那清清浅浅的黄河沙渚间吗？

往回望，"黄河远上白云间"，是一条飞激如箭的河，倒射云表哩！

而谪自天庭的李白一眼就认出他的手足,"黄河之水天上来",他们共同的原籍,竟然都是青天。

"白日依山尽,黄河入海流",多么曲折而又简单的行程,挟一路的朝烟夕岚,浩然入海。

没有尼罗河的富饶肥腴,没有莱茵的幽柔,没有塞纳的浪漫,更没有密西西比的平阔壮硕,爱她,只有一个不成逻辑的理由——只因自河出图洛出书自《山海经》自《禹贡》自《诗经》自乐府自李杜以来,她一直是我们的河,是我们生命最原始的节拍。

"黄河颇乏天惠,故中国民族性务实",日本汉学家的书中是这样说的,口气近乎怜悯。然而,如果有来生,如果来生可化作一只水鸟,我仍愿栖息在两千五百年前那条荇菜左右漂流的、沙渚间芳草萋萋的黄河啊!

走出会场,森森水波已冲倒眼防睫堤,匆忙间拼命把它关入心的堰闸,然后平静地穿过人群去和他握手,说别人也说的客套话,坐电梯,下楼,坐地铁过海回沙田。这一年是一九八三,地点是"购物者的天堂"——而橱窗里是不标售黄河的,我在地铁隧道两侧香烟和电影的广告里安然返回多风的北楼。

该感谢那人还是怨恨他呢?他示我以背囊中的今世的"河

之图"。黄昏掩至，对于新裂的伤口，对于此番温柔的受创，对于梦寐中的名字被人直口叫出来以后五内挖净似的空虚，能说什么呢？

第五辑　丽人行

丽人行

蔡主编：

接到你的邀稿信，想来想去觉得现代人其实可乐之事不多，耳所闻者为高分贝，目所见者为水泥森林，鼻所嗅者为污染废气，喉所饮者为工业废水，此外不法商人又饲我们以色素、硼砂和防腐剂等物，如此生活，乐从何来。

后来想想现代人虽苦多于乐，现代女人倒是捡了个小小的便宜，古代女人所不能做的事，不能享的福，现代女人都占尽了。特别记述三年前印度、尼泊尔之游，严格地说，这篇题目应该是"现代女人的快乐"。

住在达尔湖边的那两天，我们的房子其实就是船。

但是初到克什米尔的兴奋使我们贪心起来，吃过晚饭大家执意要去荡舟，于是凑钱，商请舟子把我们带往萍藻深处。

虽是八月底，湖上却寒烟四起，舟子给我们些毛毯，吩咐各人把自己严严裹好，大家虽各自扎裹成一副老实样，心里却跃跃然，几乎要破形而去。

我们这一行九人，几乎是"女子旅行团"，其中虽有两个男人（一位是王太太的先生，一位是个老阿伯），却寡不敌众，想古今中外的女人跟我们一样好命的大概不多，芸娘如果知道此事，真会羡慕得眼睛发绿吧？辛稼轩谓"不恨古人吾不见，恨古人不见吾狂耳"，我此刻不恨自己没见过孔子、庄子、李白，只恨不能被他们所见！

也许是太快乐了，所以不免生出些罪疚感来，团里老听到类似这样的话：

"下一次，我要带我先生出来……"

这种话通常非常富于感染性，立刻你会听到另一个人说：

"是呀，我本来要他来的，他也说想来，可是事情一忙，就是走不开……"

然后，接下来，总是一片"我先生""我儿子"的声浪。

那天夜里的湖上泛舟显然又隐隐要开始这类话题了，我于是以团长之尊开口叱道：

"各位注意，为了不打扰今天晚上的清兴，大家都不准说'我先生'这三个字，以免惹起心事，违者罚款二卢比（约台币十元）。"

话未说完，能诗能画的席慕蓉就不服气，此人也不愧为成吉思汗的后裔，她立刻拉开嗓门叫道：

"两个卢比？我出得起，各位听着：'我先生！我先生！我先生！我先生！我先生！'"

对于如此痴情如此豪迈的违法者，你有什么话可说？可惜的是此位女杰记性不好，等回到台湾，要向她追讨十卢比的罚款（我当时为了明罚饬法，记得非常清楚，她讲了五次），她却死不认账，反而说：

"我那天晚上会这么疯狂吗？我怎么不记得！"

虽有人证，她却赖了个干净。

话说那天晚上大伙被她五声"我先生"一叫，居然得到亚里士多德所说的悲剧宣泄效果，绝口不再提"我先生""我孩子"而专心看夜景了。

达尔湖上的星光是不能忘的，多而密，坚实而饱满，不像大都市里的星，仿佛和了稀泥抹上去的。

"这里的星不一样！"

"这里的星星，镶工比较好！"这一次脱口而出的，又是慕蓉。

事情倒是很公平，她固然把违的法忘了，却又把口占的好诗忘了，后来在大屯山的一次星夜里，我念出她这句话，她居然也不相信，当时楚戈在座，我特别请他把这句险些失落的句子写成小斗方，送回给原制作人。

湖很大，我们绕了一圈又一圈。晚上回到湖畔，睡在摇篮似的船屋。第二天一早又去赶湖上的早市。日子真好得不像话。

团里最阔的大概是爱亚。她居然身携四千美金，其实她买东西极俭省，看来大约连一千也花不完，何苦带那么多？她说：

"我先生说的嘛，第一次出远门，多带点，以防万一。"

这年头，世上好先生真不少哩！

王行恭和太太洪幸芳也是一双璧人，两人都学美术，王行恭的设计是没话讲的——而王太太，我虽没见过她的设计，至少她的衣服和项链首饰非常与众不同，世上画家虽多，能把自己穿成一幅画来的人毕竟太少了。这王氏夫妇在初登程的时候颇拌了几场嘴，理由只有一个：王太太爱上许多东西，王行恭却主张"三思而不买"。其实王行恭因为跑过太多地方，如美国、西班牙，看过的东西多，不轻易动心，王太太却是第一次离台，看见每一件东西都要发狂。王先生后来大约也想通了，把心一横，对太太以及众女将说：

"买吧，买吧，买死一个算一个！"

大家想起他的开窍过程，无不失笑。其实我们买的东西都是极便宜的小玩意儿，像孔雀毛扇子，不到一百元台币一把，在长途旅行里已足够占掉我们整整一只手了（扇子大，放不进箱子）。

李南华是黄永松的太太，一面教美术一面相夫教子，一面居然无师自通地搞起民歌作曲来了。此人买起丝巾，真是精明得"一丝"不苟，她对着太阳把每一条丝都检查了，付起账来却糊里糊涂掏出一把钞票捧在手上，其中有台币、泰币、尼泊尔钱、印度钱，也有美金……嘴里不住求救道："我不会算啦，我不知道该怎么付，现在该付哪一种钱啦？你们帮我看啦！"

许多时候，我们都从她手心里挖野菜一样地挖出钱来去付账。

林静华和姬小苔是一对快乐的单身女郎，后者一副资深旅行行家的样子，身上总是背着粉红色的小水壶，大约省下了不少饮料钱，此外她还有一段尚未开始便已斩断的印度情缘。林静华平常认真翻译，赚钱不少，她说：

"可是一到放假我就把存的钱拿来玩，玩的钱我是不省的。"

其实，一路上这些女人的原则倒是一样的——不省钱，却也不费钱。

最后一站是新德里，乡愁和家愁又暗暗酝酿起来了，大家都说要打长途电话回家，从印度打电话回台北，自古以来做过这种事的女人不多吧？电话费那么贵，每一秒都是钱，真让人急得不知说什么话才好。

"你要说什么？"我问同房间的慕蓉。

"呀，我要叫我先生帮我买好仙草冰，放在冰箱里，我一回家就可以吃！"

老天！这蒙古裔的小姐真是惊人，隔着三分之一的地球，打起长途电话却只是叮咛一句仙草冰！

电话接通后，她果真说了仙草冰的事，可是话到紧要关头，此人居然讲起法文来，不知他们讲些什么肉麻话。欺负我这不懂法文的，想想真生气，正气着，忽听她甜蜜地重复地叫了几声："翘——翘——翘——"我当下狠狠记住这发音，心里想这"翘"字必然是肉麻至极的一句话，我一定要好好记住，将来再去请教高明，弄清楚字义，不怕找不到材料来笑她了。不过后来大失所望，原来那"翘"只是"再见"的意思。

九月初，大家回台湾，各人乖乖地在厨房和办公室之间奔跑，偶然小聚的时候，彼此都会依依地说：

"什么时候，我们再去尼泊尔，再去印度，再去克什米尔啊？"

什么时候，我也不知道啊！我想对久违的山水和女友说一声"翘——"，但愿再一次见到你们。

容许我愈来愈土

——写在"作家小手艺"展出之前

碰到朋友的时候，我会忽然冒出一句话来：

"我最近愈来愈土了。"

成年后第一次摸土，快乐到几乎有了犯罪感的程度，怎么可能呢？这么大的人了，居然还能回到儿时捏泥巴的乐趣里去。坐在纯青陶艺教室里，陶钧在两膝间徐徐转动，竟觉得自己像神话里的女娲。每一团土里隐隐有生命蠢动。一个个宛然的宇宙在陶钧上旋生旋死。

当然，玩泥归玩泥，成器毕竟很困难，窑火也不是好控制的，可以称为"陶艺"的那种东西我实在一件也不曾做出来过。那样笨拙的瓶罐拿去送人尚且心虚，唯恐破坏人家案头的美感，现在居然要标价求售，委实惶愧万分。

好在大纲先生生前曾对我说过一句话：

"戏，要带几分生才好。"

他的意思我懂，生，便意味着仍在揣摩，仍未固定滞泥。生，虽有许多缺点，但至少不会熟极而烂。

大纲先生对戏剧的灼见，无意间竟成了我人生的一种情境，使我敢于呈现生糙而不成熟的自己。

且好在这是一场义卖，好在义卖的画廊里还有许多其他作家的精彩手艺，好在每一分钱都捐给残障的人和泰北难民。

容许我在不断玩土的时候愈来愈土，容许我愈来愈关爱这温柔丰饶的后土，以及生活在其上的人群。

给我一点水

假如，你在乡下，在湖泊分布的高地上，然后，不管你随兴走哪一条路，十次有九次，你会沿路走下溪谷，走到溪流停贮的潭畔，这件事真有不可思议的魔力。只要那个地区有水，你就算找个沉浸梦境而精神最恍惚的人，叫他站着，开步走，他就会把你一路带到水边，一点也错不了……玄思冥想一向和水结了不解缘，这是人人都知道的。

上面那段话是梅尔维尔说的，随着这段话，他写下一大段以水域为背景的小说——《白鲸记》。

算时间是百把年前了。

那个时代的人是幸运的，因为还知道什么叫作"干净的水"。水仍然可以很无愧地作为凡人的梦境。

如果，在我有幸碰到好心的神仙，如果神仙容我许一个愿，我大约会悲喜交集，失声叫道：

"不，什么都不要给我，我什么都不缺，我只求你把我失去的还给我，哦，不，我失去的太多，我不敢求，我只求你发还给我一件东西，还给我一片干净水，给我鲜澄的湖，给我透明的溪涧，给我清澈的灌溉渠，给我浩渺无尘的汪洋！"

水，永远是第一张诗笺。

关关雎鸠，在河之洲……

不学诗，无以言，不观水，无以诗。三百则"温柔敦厚"原是始于一带河洲啊！

江南可采莲，莲叶何田田。

六朝乐府的恣肆古艳，其实是来自南国的激滟泽光呢！

小时候，住在抚顺街，家的四围是农田，田中间有一个小小的水洼，老老实实的一个水洼，既没有垂杨倒影也没有岸芷汀兰，却刚刚好可以容得下一个小女孩的梦境。我有时用畚箕捞几尾小鱼，几叶水草，放在玻璃瓶里，那种欢悦，不是买热带鱼的人所可以想象的。

其实，那个小水洼并不是我生命里的第一度的"水的初恋"。最初恋水，是在玄武湖，湖上有荷，荷上有风，风上有南京城的千载古意。而小小的我只一径剥着玉色的莲子，只惊奇地看雪藕之间竟有死不肯断的丝连，只贪看艳色的樱桃，热热闹闹地被包在绿荷叶里。

玄武湖不久就忘了，却一直记得那个小水洼。另外记得的是一片荷田，在双连火车道边，有一次妈妈要我去摘一片荷叶回家做粉蒸肉，我不知死活地踩下水去，觉得自己在烂泥里无法自拔，一路陷下去，忽然，也不知怎么样地又爬出来了。奇怪的是，以后对那片田也竟不畏惧。

还有一片水，是圳水，在记忆里也悠长如琴弦。那时我在中山小学读书，学校升学率很高，又逢严师，日子过得也就可想而知。但童年却如贫姝，自有其天然的颜色，学校后面是圳水，是新生北路，逃学的探险家说可以一路逃到松山机场，我从来不敢想象，那么大胆的逃亡，就连"次等调皮"的同学说堤外可以采到一种通心草，我也不敢出走尝试。倒是有时在溪畔看书，看着看着，书掉到水里，我往下游快跑几步，又把它拦截回来。我现在有书近万卷，但何处才有一条淙淙的玉带供我坠书呢？

搬家屏东以后，圳水竟然可以在家附近绕流，真是好得过分，令人不敢相信。屏东是个可爱的怪城，辣椒季里整条马路都拿来晒辣椒，想来也算是人间最艳丽的交通阻塞了。树上的凤凰花则照例烧得腾烈万分，让人不敢久看。而圳水在夏日的夕照里恬然流去，东坡只会说"好风如水"，如果他看到万顷金黄中的一带波光，他要不要说"好水如风"呢？

屏东另有好水，在三地门，那样的好水只有犷悍的山胞才有资格拥有吧？

南部还有一个地方叫大寮，我认识一位年长的宣博士到那里去拓荒，二十五年前，那地方没有门牌地址，信封上只需写："大寮，过河，×××收"。

唉，所有好心的神仙啊，此生此世，如果我能住到一个地方，其地址竟可以简简单单的只是"湖畔""河边"或"涧旁"，即使做梦，也会笑醒啊！

考取大学，第一次到外双溪。惊见山溪如翠，第一个冲动竟是换游泳衣去泡水（因为并不会游泳），后来被很有理智的女伴骂了一句"难道你要去公开展览！"才打消念头。

而匆匆然，四分之一世纪流去，而今望着溪水的不再是那常来背书的大一女生，不再是那跟男友来散步的大二女孩，所有的时间也无非使一个坐在台下的人变成站在台上的人。然而，那溪水却日甚一日地浑浊恶臭起来，"沧浪之水清兮，可以濯我缨，沧浪之水浊兮，可以濯我足"，但溪水如果浊到不堪濯足的程度，你又奈何呢？如果拔去我的智慧，抽掉我的历练，磨光我辛苦一场才得到的专业知识，而溪水便能恢复它当初的清纯，我是多么愿意弃圣绝智，重新回复为二十五年前一清见底的呆女孩，和一清见底的溪水素面相觑啊！

从什么时候开始，属于我的水渐渐变得如脓汁如毒药？

到曾文水库去，只见垃圾如山。

坐花莲轮沿东岸行，海面上一直漂着塑胶袋和可乐瓶罐，我是脆弱的，这种伤心欲绝的经验，我不想多有，我不再去旅行了。

每年假日，或身在印第安纳的"哇——哇——湖"（从印第安发音），看千顷阳光，或在克什米尔的达尔湖数游鱼荇藻，或泛舟于巴黎塞纳，或俯视伦敦观尽盛衰的泰晤士，甚至流连于照过莎翁文采风流的爱文河，心里总有恻恻愁情。能观天下之水，是造物对我的厚爱，但为什么我不能重新拥有基隆河或淡水河呢？

沙漠的旅人需要一皮囊的水润喉，我需要的更多，我需要一片水，可以为镜鉴来摄我之容，可以为渊薮来酝酿诗篇，可以为歌行来传之子孙，而且像黄河、像洙泗，让我桀惊无依的心有所归依，有所臣服。

那样的水在哪里呢？

精致的聊天

此日足可惜,

此酒不足尝。

舍酒去相语,

共分一日光。

——韩愈

很喜欢韩愈的这首诗,如果翻成语体,应该是:

可惜的是今天这日子啊!

那淡薄的酒又有什么好喝的?

放下酒杯且来聊聊吧,

让我们一起分享这一日时光。

所以喜欢这首诗是因为自己也喜欢和朋友聊天。使生活芳醇醺畅的方法永远是聊天而不是饮酒。如果不能当面聊，至少可以在电话里聊；如果相隔太远长途电话太贵，则写信来聊；如果觉得文字不足，则善书者可书，善画者不妨画，善歌者则以之留贮在录音带里——总之，不管说话给人听或听别人说话，都是一桩万分快乐的事。

西语里又有"绿拇指"一词，指的是善于栽花莳草的人，其实也该有"绿耳人"与"绿舌人"吧？有的人竟是善于和植物互通消息互诉衷曲的呢！春天来的时候，听听樱花的主张、羊蹄甲的意见或者杜鹃的隽语吧！也说些话去撩撩酢浆草或小石斛兰吧！至于和苍苔拙石说话则要有点技巧才行，必须语语平淡，而另藏机锋。总之，能跟山对话，能跟水唱和，能跟万紫千红窃窃私语的人是幸福的。

其实最精致最恣纵的聊天应该是读书了。或清茶一盏邀来庄子，或花间置酒单挑李白。如果嫌古人邈远，则不妨与辛稼轩、曹雪芹同其歌哭，如果你向往更相近的謦音，便不妨拉住梁启超或胡适之来聒絮一番。如果你握一本《生活的艺术》，林语堂便是你谈笑风生的韵友，而执一卷《白玉苦瓜》，足以使余光中不能不向你披肝沥胆。尤其伟大的是你可以指定梁实秋教授做传译而和莎翁聊天。

　　生活里最快乐的事是聊天，而读书，是最精致的聊天。

诗　课

花开花落僧贫富，云去云来客往还。

各位同学：

　　黑板上写的一副郑板桥的对子，是他为一所寺庙题的。可是这副对子是什么意思呢？谁能回答我？好，这个同学，你说。

　　"花开了，花落了，僧人有时候有钱，有时候又穷了。云来了，云去了，客人有时候来，有时候又走了。"

　　你们大家想，这样的解释对不对呢？还有没有人有别的意见？好，你说。

　　"花开花落是无常的，正如僧人时贫时富。云来云往也不一定，就像客人来去无凭。"

这样算不算解释了这副对联？不，这副联还没有解出来。其实，中国韵文的句子因为短，有时候不免很简略，简略到一般人不容易看懂的地步。下面我稍稍提示一下，相信你们就会懂。这句子应该这样说：

> 住在寺中的僧人啊
>
> 也有他暴富和赤贫的时候
>
> 每季花开，他简直富裕得像暴发户
>
> 但是花一萎谢，他又一无所有了
>
> 至于他的交游对象呢
>
> 喔，他倒是有一群叫云的好朋友呢
>
> 云来云去也就是好友的一番酬酢应对了

从句法上来说，如果我们把原句再加一两个字，变成像散文一样，就很容易明白了：

> 花开花落乃是僧之贫富，云去云来可谓客之往还。

但是诗句宜简洁，只能靠自己去体会，不能像散文说得那么清楚。

可是说到这里，郑板桥的句子是不是十分清楚了呢？还不然。如果真要懂得这个句子，还应该对古人其他的诗文稍稍了解一些才好。事实上，把云雾和山僧野叟写在一起，是中国诗人非常喜欢的做法；至于把花跟钱联想在一起，也是中国诗人非常雅致的尝试。例如宋朝诗人杨万里就有一首题为《戏笔》的诗：

> 野菊荒苔各铸钱，
> 金黄铜绿两争妍。
> 天公支予穷诗客，
> 只买清愁不买田。

多么可爱的一首小诗，翻成现代诗也挺不错：

> 秋天来了
> 野菊花和青苔各自开起铸币厂来啦
> 野菊花负责铸艳黄色的金币
> 青苔制造的却是生了绿锈的铜币
> 大把的铜币和金币就如此撒满了秋原，彼此竞

艳啊

　　这种钱是上帝送给穷诗人的

　　但拥有这堆钱币的诗人买到了什么呢

　　他只买到秋来的清愁

　　而不曾买到房地产

　　另外元曲里"又不颠，又不仙，拾得榆钱当酒钱"的句子也饶有趣味。榆钱其实是榆树的种子，春天里会"舞困榆钱自落"。在北方，春荒的时候，穷人把榆钱拌些面粉蒸来吃。由于它圆圆的，的确像钱币，所以人人都叫它"榆钱"。刚才那首散曲说得很动人：

　　如果我疯癫了

　　那么当然可以拿榆钱付酒钱

　　如果我成了仙了

　　一点指之间榆钱自可化金币

　　但现在我是个常人

　　居然也糊里糊涂从口袋里掏出一枚榆钱

　　自以为是钱币就要去付酒钱了呢

这样看来，把花木和钱联想在一起，倒也是个很有渊源、很有来历的想法呢！

至于云呢，由于中国山区地带湿度比较大，所以中国的山景在情境上和欧洲的山景是不同的。瑞士的山景，由于气候晴爽，线条刚烈清晰，中国的山却是云来雾往、烟锁岚封的。国画里的山每每在虚无缥缈间躲迷藏，如果你游过这样的山，如果你看过这样的国画，再来了解郑板桥的句子，就一点儿也不难了。

唐诗中"松下问童子，言师采药去。只在此山中，云深不知处"应该是大家所熟悉的。另外还有一首宋代僧人所写的七绝，应该更能表达这种情感：

> 万松岭上一间屋，
> 老僧半间云半间。
> 三更云去作行雨，
> 回头方羡老僧闲。

这首诗真不得了，老僧和云之间简直成了 roommate（指同租一间房的"室友"）了。中国诗里一向把人、云的关系写得很亲密。

了解这一点，郑板桥的联句虽然别致新鲜，倒也非常隶属传统的诗情。

解释一个联句，我们竟花了半小时。其实，我说得还不够多，应该还要再说它的平仄声调才对。花一小时讲两句对联绝不过分，但是今天到此为止。我只希望你们了解，小小的一句诗也是包藏着层层诗心的啊！不要轻易忽略过去，好好地读一遍读两遍读三遍，慢慢体会它，它会报偿你，向你展示它繁复多叠的美丽。

后记：这是我的一堂演讲的记录稿，由于敝帚自珍的心情而保留下来了。

专　宠

那天早晨，天无端地晴了，使人几乎觉得有点不该。昨天才刚晴过，难道今天还有如此运气再晴一天？那阵子被早春的风风雨雨折磨怕了，竟然连阳光也不敢信任起来。

从研究室的窗子望出去，相思林里已经有一两棵开了黄花，仿佛春天出了题目，那才思敏捷的便先交了卷。

到了九点钟，阳光的这份情看起来是认真而负责的，不像会随时溜走的样子。山路经过昨天和今天，想来应该干爽了，我于是打电话叫朋友来分享后山相思林里的花香，结果一个说：

"妈妈病了。"

另一个说：

"要赶着送东西给明天出国的一位太太,让她到美国的时候顺道带给姐姐。"

唉,真复杂。

还有一个更可恶,居然说:

"如果你昨天通知我或许还可以,今天临时不行,我的车子出去跑业务了,一时回不来。"

"活见鬼咧,"我心里想,"昨天,昨天我怎么通知你?昨天连我自己也不知道我今天会想爬山啊,别说我,连太阳老兄也没决定它要不要出来执勤呢。"

小小的旅行团组不成,我于是决定自己一个人出发。星期六的下午,一切都可以了断的一刹那,我离开书桌,循着花香的暗记一路行去。此刻只觉自己是"天下第一闲人",又觉得自己是古代强霸的独擅专宠的嫔妃,在大化的纵容里据定一座春山做我的昭阳宫或者长生殿。

多好的事情!

每到春天,漫说大化宠我,连我自己也宠惜起自己来。纵容自己疏懒,纵容自己不务正业,纵容自己疯疯癫癫。

前几天,和阿伦阿机疯到高速公路上去了,车近台中忽见一行羊蹄甲,一棵一棵全专心致志地开着,三个人忍不住尖声鬼叫起来，阿伦起先还忍着，终于忍不住，把车子往路旁停了下来。

"高速公路不准停车的呀！警察来了怎么办？"

"怎么办？我就说你们两个病了！"阿伦向来蛮悍。

"病了？什么病？"

"想看花的病！"

我们就那样又疯狂又安静地坐着，看风中一阵阵飘下花来，羊蹄甲的美像北地胭脂，非常凶霸，眼看它一批批往下落，树上的阵容却老也不减，这样的场面要连演一个月，它才肯换上绿叶的新戏码。

那天正坐着，一朵花蓦然叩到扫雨器上来了，另一朵更过分，竟然穿窗而入，直直地嵌入我的发丝。

看花，要趁时机啊，被花所看亦然。

所以在有花可看、有树可看的日子，疯一点，也不算过分，未来的人生成功立业是可以努力以致的，看花的权利却不是努力就拼得到手的。

走出研究室，由于天好，粉紫色的酢浆草和嫩黄色的小金英便开了一地。如果春天是一个美丽的、多层的大蛋糕，这些野花我想便应该看作"蛋糕的底层"——可是，不对，还有更低的底层。前些日子在植物园里，看见新荷乍浮，圆圆青青小小，像婴儿最无心机的凝视，却又因毫无心机而无不洞悉。那些水生的萍藻与荷叶，与马蹄莲，与布袋莲，都可看作最基层的春天干部。

校园真是好地方，从小学入学第一天，已经过了三分之一个世纪了，我从来没有离开校门一步，校园总有些花有些树有些草有孩子的歌声笛声吉他声，一年四季，看不完的时序，涌溢不尽的青春。想起前些日子在东海和一位朋友走过一大列盛开着细小白花的灌木丛，他悠然停步微笑，说：

"你知道。有时在这样的春天的校园里走着走着，忽然间，我就羡慕起自己来了！"

我一时愕然。这句话他不说，我亦不知，他一说，我才觉得这正该是我要说的话啊，怎么倒被他先说了！世间若真有可羡之身，岂不正是我自己吗？而此"可羡之身"不是昨日之我，不是来日之我，正是此时此刻此风此雨此花此月之间的我啊！

学校附近的这座山叫"乌尖连峰"，标高不过五百米，却已经足以看遍半个台北。山头是一块整个大岩石，号称"军舰岩"，我每走到此处总想起那死于肺癌的卢光舜副院长，想他火化之后，曾将一半的骨灰撒在此处，只因这里可以守望他生前深爱的医院，这里曾有他壮年岁月最轻扬的登山脚踪，及至骨灰飘飘也无非等于最后一次最痛快的远足。

山河之美、宫室之胜应该与岁月与血脉与故事与人物相结合，这一点是我游罢伦敦西敏寺才知道的。随着逶迤的观光队伍看遍寺中的名人之墓，明明知道这一座一座华美的墓雕下，都有一段显赫的历史，但不管走过"血腥玛丽"或"但尼生"，心中竟硬是丝毫感动不来，盛暑中我悄然驻足在阴凉的冢穴间，终于忍不住问自己一个问题：

"如果现在看的不是西敏寺，而是王嫱的昭君墓，杜甫的浣花草堂，或吴季札生死无违的挂剑台，我会不会也如此反应木然呢？"

不料只此一念，竟已心血沸腾，不能自抑。当下才明白原来有些"不亲"的东西即使面面相觑，也自不亲，必须有亲有分的东西才足以惊心动魄。

军舰岩如巨舻，在粉碧攘绿的山林巨浪中独航，本来已是一番美景，现在却因前人的风范和遗爱而益发有情有义起来。

有一种小花，白色的，匍匐在地上毫无章法地乱开一气。

它长得那么矮，恍如刚断奶的孩子，独自依恋着大地的母怀，暂时不肯长高，而每一朵素色的花都是它烂漫的一笑。

初春的嫩叶照例不是浅碧而是嫩红。状如星雨的芒萁蕨如此，尖苞如纺锤的雀榕如此，柔枝纷披的菩提如此。想来植物年年也要育出一批"赤子"，红彤彤的，血色充沛的元胎。

几乎每到春天，我就要嫉妒画家一次，像阿伦背着画架四处跑，仿佛看起风景来硬是比我们多了一种理由，使我差不多要自卑了。当然，我倒也不是终年羡慕他们，我只是说春天，在花事最盛的时候，一切都来不及地在演出在谢幕的时候，只有他们有权利将美一把拦截住，并且"标价出售"。

好在春天很快就过去了，我的妒意也在不知不觉间忘记了，直到翌年春天才会再犯。

不能画春天就吃一点春天也是好的。前些日子回娘家去看父母，早上，执意要自己上菜场买菜。说穿了哪里是什么孝心，只不过想去看看屏东小城的蔬菜。一路走，一路看绿茎红根的菠菜，看憨憨白白的胖萝卜，看紫得痴愚的茄子，以及仿佛由千百粒碧玉坠子组成的苦瓜，而终于，我选了一把叫"过猫"的春蕨，兴冲冲拿回家炒了。想想那就是伯夷所食的薇，不觉兴奋起来。我把那份兴奋保密，直到上了饭桌才宣布：

"爸爸，你吃过蕨类没有？"

"吃过，那时在云南的山里逃难，云南人是吃蕨的。"

当然，想来如此，云南如此多山多涧多烟岚，理当有鲜嫩可食的蕨。

"可是，在台湾没吃过。"

"喏，你看，这盘便是，叫'过猫'，很好吃呢！"

"奇怪，怎么叫'过猫'？"爸爸小声嘀咕。

可是，我就是喜欢它叫"过猫"呢，我心里反驳道。它是一只顽皮的小野猫，不听话，不安分，却有一身用不完的精力，宜于在每一条山沟上跳来蹿去，处处留下它顽皮的足迹。

吃新上市的春蔬，总让我感到一种类似草食动物的咀嚼的喜悦。对不会描画春天的我而言，吃下春天似乎是唯一的补偿吧！

爬着山，不免微喘，喘息仿佛是肺部的饥饿。由于饿，呼吸便甜美起来，何况这里是山间的空气，有浮动着草香花香土香的小路。这个春天，我认真地背诵野花的名字"紫花藿香蓟""南国蓟""昭和草""桃金娘""鼠麹草""兰花蓼""通泉草""龙葵""睫穗蓼"……可恨的山野永远比书本丰富，我仍然说不出鼻孔里吸进的芬芳有些什么名字。

最近几乎天天想到前人笔记里的"二十四番花信风",中国人真是好客,冬末春初我们惜花如待上宾,如对韵友。四个月里,一百二十天,每五日是一番花信,我们翘首以盼,原来花也是可以纳入一种秩序规矩的。喜欢《镜花缘》里的百花仙,喜欢有品有秩有纪律的美丽,一丝也错不得的——万一错了,还得领受惩罚贬入凡尘呢!

其实四个月里当然不止开了二十四种花,这满山的花也自不止二十四种,但能说出"二十四番花信风"的民族是聪明到懂得和花订好约会的民族——并且非常笃定地相信,群花自会一一前来践约。

不需要真的看遍梅花、水仙、桃花、杏花……麦花、桐花、柳花、荼蘼花、楝花,只消一想"二十四番花信风"这句话说得有多么好,已觉深意千重。一春花事,是说不尽的繁盛和殷勤啊!

唉,春天走路总是走不快,一路上有好多要看要听要闻要摸要思要想以及要兴奋要惆怅的东西。

终于,我独坐下来,不肯再走了,反正"百草千花寒食路"，春天的山是走不完的。

　　整个山，只专宠一个像我这样平凡的女子，我开始有点感谢我的朋友不曾来，所有的天光，所有的鸟语，所有新抽的松蕊，所有石上的水痕，所有俯视和仰视的角度，所有已开和未开的花，都归我一个人独享——而且决然不是由于我的努力认真才获得的报偿。相反地，正是由于我的疏狂懒散，我的无所图为，我的赖皮无状，才使我能走到这山上来，领略此刻的专宠。

　　在径旁坐久了，忽然从石头上蹦来一只土色的小蚱蜢，停在我的袖子上。我穿的衫子恰好也是自己喜欢的土褐色，想必这只今春才孵化的糊里糊涂小蚱蜢误以为我也是一块岩石吧？想到这里，我忽然端肃起来，一动也不敢动，并且非常努力地扮演一块石头，一时心里只觉好笑好玩，竟不断地告诉自己："不要动，不要动，这只小蚱蜢刚出道，它以为你是岩石，你就当岩石好了——免得打击它的自信心。"

　　相持了几分钟，小蚱蜢还是跳走了，不知它临走时知不知道真相，它究竟是因停久了，觉得没趣才走的，还是因为这岩石居然有温度，有捶鼓式的音节自中心部分传来而恐惧不安才走的？不管怎么说，至少它一度视我为岩石，倒也令人自慰。如果我是智者，如果我来向石头说法，倒不须他们点头称是，只希望群石接耳道：

"喂，你们看说话的那一位，我敢打赌，他自己也是石头。"

从登山到出山，前后不到一个时辰，但世上却是几多年呢？我走下山来，自觉是千年后的自己，一身披着时间的斗篷，斧老柯烂，我已观罢一局春色与春色对弈的步步好棋。

怀着独擅专宠的窃喜，我一面步下山径，一面把整座山的丰富密密实实地塞在背袋里。

有一件事，我不知道该怎么说，才能讲清楚。我曾手植一株自己，在山的岩缝里。而另一方面我也盗得一座山，挟在我的臂弯里。（挟泰山以超北海，其实也不难呢！）如果你听人说，今年春天我在山中走失了，至今未归，那句话也并不算错。但如果你听说有一座山，忽然化作"飞去峰"，杳然无踪，请相信，那也是丝毫不假的。

第六辑　人物篇

"告诉他，我会做个好医生！"

从掌声中我走上台，台下是朝夕相处的学生和同事，手里是简单易念的文稿，不知为什么，我却觉得张口维艰。整个情节在我心里迅速地倒映一遍。

一九八四年三月二十一日下午，荣总中正楼里进行一项脑瘤切除手术。围在手术台边的是外科主任沈力扬大夫、心脏科主任郑国琪大夫及荣总医院的一时俊彦。

躺在床上的人名叫韩伟，是阳明医学院的院长。在这所大医院里许多实习医生和驻院医生都来自阳明，而这位以九年的时间投注于医学教育的人，自己却病倒了，此刻静静地躺在群医的环护中。

手术整整进行了十个小时，主持手术的沈大夫其实自己也算病人，不久前才从"加护病房"释放出来的，现在却悉心为手术台上这位宾州大学的生理医学博士，这位世界上唯一一所全公费的医学院院长开刀。两人平时既是会议桌上争辩观点的对手，也是私下里相惜相重的朋友，并且两人都经历到"医人"之际忽而"被医"的失措。听老圃的经验之谈说，有些果树是在用利斧横加新伤之后反会拼命结果的，病后的医生可能亦如那种身带伤痕的果树吧！

手术后一个礼拜是学院的扩大周会，病人在病榻上写了"几句心声"，请人带去念给学生听，而我，一个有幸九年来一直与他共事的人，此刻被委派为念稿人。

下面是我站在台上所说的话：

在我念院长这篇心声之前，请容许我说三件事：

第一，院长开完刀第二天，我的先生有个机会在恢复室看到他，他当时还不便说话，却举起双手的大拇指摇了又摇，那个手势里面有很动人的语言，我知道他的意思，他想说的是"Excellent！""Perfect"（"一流的好手术！""无懈可击的好手术"）。我很佩服这种自己连话都说不出来却忙着为别人的专业精神喝彩的人。你我行事为人能不能赢得识者这一声赞好呢？能不能像院长爱说的那句话"We are second to none！"（我们不输任何人！）呢？

第二，我现在手里有两份稿子，一份是院长的手稿，另一份是有人好意替我誊写得很工整很好念的稿子。但我更爱院长这份手稿。可惜你们坐得远，看不清楚，他是用铅笔写的，也许由于病床上不好写，他的字写得好大，而且每个字的笔画都是又刚又硬又直，像他的为人。

第三，事先读了院长的手稿以后，我的感觉是：这世上有些人基本上是诗人，是英雄——不管他所从事的行业是什么，他仍然是诗人是英雄，我们的院长就是这样一个人。

现在，让我来读这位诗人、这位英雄的"心声"：

如果说，我们中国人有什么异于其他民族的地方
我认为那应该是在中国人的血肉脑髓之中
可以榨出一点
忠、孝、节、义的纯汁

一个人的血肉脑髓中若挤榨不出这种纯汁
他就算不上一个中国人
我深愿每个 Y·M 人（阳明人）都是
在血肉脑髓中有此纯汁的人

也正因为如此
我不喜欢重利轻义的功利主义的人生观
肯牺牲、肯服务
吃得起苦耐得起劳
为大我肯舍一点小我的那种"傻劲"
正是上面所提到的中国人血肉脑髓中
所能挤榨出的那种纯汁
愿 Y·M 人都很骄傲地拥有它

正因为我有这样的看法，因此
我瞧不起那些数典忘祖的人
我也瞧不起那些以谎言起家、言而无信的人
说得更实际一点
我也瞧不起只为能多赚钱才选择习医的人
我也瞧不起不守信而设法逃避服务的人
我希望 Y·M 的学生中没有这种人——

在血肉脑髓中压榨不出中国人那点纯汁的人

　　最后，请全体师生用心认真地唱一遍校歌，并且
录音留给我听。

　　周会结束后，照例是教授先离场，我走在最后一个，忽
然，从大礼堂的后座，一个女孩冲到我面前。

　　"张老师，请你为我向院长说句话好吗？我好尊敬他，希
望他快点好，有一天，我做梦，梦见院长是我父亲……"三
月的荣总，山径上有樟树的清芬，池畔有杜鹃的华彩，介于
樟树和杜鹃之间的是坡地上粉色的羊蹄甲，女孩继续说下去，
声音因慎重而轻颤了起来，"我刚才坐在最后一排，可是，唱校
歌的时候，我用尽力气大声唱，想让院长在录音带里听见我的
声音……张老师，帮我告诉院长，我会做一个好医生……"

　　我握住女孩的手，轻声地说：

　　"我懂，我了解……"

　　走下礼堂的长阶，我心中充满感谢，我虽微末不足道，
却是一个曾与勇者同其战阵、与歌者同其悲欢的人。而且，
就在方才，一双青春的手握在我手里，那是一双喃喃盟誓的
手啊！等我们这一代垂垂老去，等我们的手一无可掌可握的
日子，那些继起的手会如锦云千朵，在人间布其祥瑞。

回家的感觉

筱良：

今年春初，我途经一处小车站，候车室里偶然的一顾间，我几乎失态叫出：

"筱良？"

然而，只是面目依稀而已，那人当然并不是你。

我必须再一次用最刺痛最残酷的冷静告诉自己：

"筱良，就是大家昵称'毛弟'的，已经走了。"

奇怪的是，凡朋友的死，在我心上总是要重复千百次，每见一胜景，每有一盛事，或文章写至一得意句，或在心头悟出一番情境，总会情不自禁地脱口而出：

"如果某某在，就好了。"

然后，一切震撼又重复一次：

"啊，不对，某某已经不在人世了。"

居然不在了吗？

你走后，与谢伯伯聚了几次，像那样的父亲，我从心底敬他。他为这部摄影集奔走，想把你在人世间所曾看到的——重现于众人之前，或一丛小草，或一隅街角，或杂货店里中国老人的一瞥神情，在在都是你冷凝而又投入的观察。

这一切曾是你的眼，在你闭目之后，它仍是。

这一切曾是你的面目，在你消失之余，它仍是。

如此深情而果决的父亲啊！他以你的名义捐了五万元给兰屿兰恩幼稚园，五万元支援泰北难民村，他又不离中国人的谦逊：

"他不过是个小孩子罢了，没有什么大不了的成就……"

而我们都知道，他以你为荣。

再一次翻你的旧作，仿佛再一次回到那小岛，那遍山野百合的兰屿，红头岩在落日里兀立，如老酋的侧面，而军舰岩泊在港湾里，是永不沉失的美。

想起那年春天岛上的岁月。

想起风雨的夜里，茂安把朗岛的孩子全召了来，在山坡上点着蜡烛的小教堂里，他们终夕为我们唱歌。

想起住在雅美人的地下石屋里，清早起来，只见岩缝里探出无数蓝紫色的小花。

想起坐在架高的棚子里望海，一面吃几片苏打饼干为早餐，茂安说："兰屿人常是这样坐着，坐一整天，什么也不想。"你悠悠转过头来，说："又何必要思想呢？"

在兰屿，我会忘记你是一个摄影者，你不常拿相机，我有时甚至惊讶，你在兰屿住了三个礼拜，几乎到了忘归的程度。所谓摄影者，大概是一个能自自然然和小孩玩耍，听老人讲古，并且与天地冥合的人吧！

喜欢你给女友乃仁的信里的一段话：

"去年二月回台北过年，一到桃园机场就感觉到湿湿的台湾空气，再开上高速公路，真是一种回家的感觉。有一首歌叫《万家灯火》，我每次听到都想到一种旅人赋归的心情。当火车滑过中华商场前，平交道前塞满了车辆，拥挤的人潮，车厢中有人起立准备下车，那种'归'的感觉真是很浓重。坐飞机，或者在美国开车也有峰回路转看到万家灯火的情形，但是只觉得到达了目的地，另一个地方，感受就是不一样……"

又是暮春交夏时节，你几时归来呢？在一老人寂寞的回眸间有你吗？在一小孩惊喜的笑靥中有你吗？而我翻着你留下的痕迹，一种回家的感觉油然生起。

毛弟，我们不要悲痛，我们要透过你的双眼，来含情凝睇，来看看自己的家。

未 绝

——一位作者的成长

桃正红，柳正绿，风正若有若无地穿梭其间。

一只小小的乌篷船不着痕地沿水而下，小男孩坐在船里乌黑沉静的大眼齐窗望去，望见窄窄两岸间的红桃绿柳俯身而下，心里有说不出的温柔的惊动！那一年他四岁。

小男孩的身世说来也是一奇，他祖籍辽宁，生在四川，此刻却只身被藏在苏州城郊的一座尼姑庵里。他的父亲是国际知名的地质学家，母亲是当年的少数女留学生，擅打网球，两人当时都留学日本，不意中日宣战，政府只能营救少数人才回国，父亲在名单上，而母亲不在，情急之下，她只好寄名夫妻以求回国，及至船到国内，男方家长多年来早就为独子疯狂做学问而不肯结婚一事愤恚，但人在国外，也奈何他不得，此刻由于战争，回到家人鞭长可及的地方，证件上又分明是"已婚"，怎容分说，立刻强迫两人成亲，这场弄假成真的婚姻来得很勉强。

以后几年里，两个孩子陆续出生，做母亲的倒也认了。父亲一心所想的仍是他的学术世界，一个人打着绑腿满山跑，洪荒宇宙，天玄地黄，混沌初开之日这世界究竟是何等世界？他的"地壳滑动说"至今仍被看作一项充满想象力的对大地的解释——可是，这霸气而自信的男人，他不要家庭，他只要地质世界。

一场姻缘到小男孩四岁那年终于切断，姐弟俩按着习惯归父亲，但父亲岂是养小孩的人，他终于被寄养父执①家中，聪明白净的他倒也得宠，对于自己身世的悲凉所知不多，生活里却有许多可以惊奇的东西，例如，一朵红花，也能使他痴想忘情，一天就那样过去了。

而母亲却找人去把他"偷"了出来，沿长江，搭江轮，藏到苏州城去。人世间的悲苦，以及身为"没娘孩子"的种种凄凉，他此刻一概不知，知道的只是苏州城里一片好风景，

———————————

① 父执：父亲的朋友。

其实连一片好风景他也说不上来，只知道一切都"好"。

当年苏州乌篷船里的那一场，恐怕是这半生际遇的一番幻影吧，有大悲恸，有大凄伤，却又无碍于他一片澄明的心，去领略天地间的好风好景。

终于被父亲找到，一同到了台湾，站在"实小"的办公室里，老师摸着他的头问了一句简单的"你叫什么名字？"便已使他惶急欲哭，如面临生死存亡之大关。只因为他有两个名字，一个是随父姓的名字，一个是随母姓的名字。一个六岁的小孩要在一霎时决定自己的去从，那一分钟的苦难竟如此漫长苦烈，永世难忘。

母亲也跟来台湾，想做最后的尝试，她舍不下这一儿一女，但终于没有成功，她回到大陆，留下的两件手制的绒布睡衣，给女儿的那一件内层用毛笔写"妹妹"，儿子的这一件写"弟弟"。许多年来，那是想念母亲的一线凭借。

学期终了，他得到第十二名，他看着看着，不服气，拿起橡皮就擦，擦掉了"十"字，剩下"二"字，回家居然被父亲嘉许了一番。他这半辈子在学校里就没有得过好名次，初中没毕业，高中没毕业，艺专的毕业证书也不知塞到哪里去了，唯一凭借的大概就是当年那种"不服气"的心情，学校可以给他十二名，他却认定自己是第二名。

被寄养在姑妈家里，日子非常不好过。那是一个台北常有的落雨的冬夜，他十岁，姐姐和家人都睡了，他起身整理了一个小包，小包小得可怜，里面除了几件衣服以外主要是一卷白纸，他准备离家出走了，白纸是他想象中的谋生工具，他觉得自己可以卖画生活。走到门口，大狼狗迎上来，他抱着狗哭了一场，掩门去了。小小瘦瘦的身子，被街灯拉得异常孤苦无依，他艰难地走到巷口，终于折回家，钻回被窝睡觉。

出走没成功，倒是写出了一篇"大倒霉"的文章，老师当堂宣读，以后他又配上插画，弄上壁报，算是渐渐知道往那里藏躲可以减缓挫折感。

天天挨打，理由是几代单传的男孩，不能不管，从学校借来的《水浒传》正读得兴起，早上起来却见它在地上，撕得粉碎。要命的是来不及伤心，因为首先要应付的是学术股长死催活催要他还书，而他一文不名。那种痛苦，真令人想死。

可是，读书仍然给他最大的乐趣和拯救。

读到"冯谖市义"，读到"缇萦救父"，读到"吴凤画传""汪踦殉国"，居然气血翻涌。而读鲁滨孙，他真的到院子里用树枝树叶搭营，想要试试野外求生。他自己找放大镜就着日光看它能否烧起纸来，他自己制标本，他在《爱迪生传》里看到这位科学家的手相，自己左对右对，竟自以为很相似……

对付姑妈他也想到了一个好办法，他凭想象把姑妈缩小，一时之间他仿佛看到她一寸寸消下去，矮下去，一直小到巴掌大，站在窗台上——不过，事情也真怪，他望着想象中站在窗台上的小姑妈，居然心里仍在害怕。

痛恨数学，因为想不通为什么需要把鸡跟兔子关在一起，以及为什么一个人要到某地，忘记某物，折回走，取了物又前行，等等无聊的设计，他拒绝也搞这种"没道理的东西"。

日子也有好的一面，例如黄昏以后，当时的台北是很沉寂的，他熄灯燃烛，把大人的风衣呢帽弄来，扮演福尔摩斯及赌国仇城给表弟、表妹、邻居小孩看，那种感觉很过瘾。

隔壁人家常找孙玉鑫来说书，他坐在墙头听，听得如醉如痴，立志长大要做"说书人"，并且立刻就拿那批"基本特约观众"做实验，自己胡编的故事，居然也能把表弟、表妹弄哭。他忽然悟出一番跟希腊悲剧家所见略同的观念，亦即"把不该死的弄死，该死的且不让他死"。

因为成绩不好，留了级，从附中转建中，建中逃学更方便，对面是中央图书馆，不愁没去处。读到孙中山的三民主义讲词，大为倾倒，一时又正正经经地想当起政治家来，对于"说书人"一职，一时也管不了如何身兼两项大业。

仍然功课不好，但没空去伤这份脑筋，因为太忙。所谓忙是忙于画画，忙于写小说，忙着看自己找来的书，例如胡适的《中国哲学史》，朱光潜的《文艺心理学》，真是目不暇给，至于功课好不好，也就不管它了。父亲是个一板一眼的人，居然写信告诉学校不必姑息这样的学生，勒令退学算了，但他略施小计，跑到邮局，把那封信骗了出来。然后是我行我素地继续自己读书，一个人到山里去念古文，找和尚胡乱论道，偷偷参加中广的小说选播，充当个小角色，唯一的好处是因而熟读了《红楼梦》。

走过中华路，一家小馆里悬着幅于右任的字，他停下来读：

与世乐其乐，为人平不平。

看了半晌，心中洞然，他对自己说，为人一世，就拿这句话做终身志业吧！那一年他是十七岁的纤弱少年。

父亲有一天忽然说：

"你，搬出去！"

他把那句话记在心里，当下安排起来，如何走，如何谋生，如何继续读书，不久以后，父亲出国一趟，凑巧姑父也在那时去世，他帮忙料理了丧事，等父亲一回家，他当晚就走了。

"人不可以被侮辱，"他说，"虽然我走对父亲是个打击，但我还是走了。"

走到哪里去呢？和同学合租了一间两个榻榻米的阁楼，屋顶是斜的，高的地方勉强可以站身。因为没有钱交电费，电线给剪断了，只好点蜡烛过日子。当时的生计是卖煤炭、卖橘子、送报。其中干得最成功的是推销《学生周报》，曾有一天之间拉到八十二位订户的记录，报社很惊动，竟想组织一批人交他"调教"。

他自己却淡然处之，只庆幸可以用这份刊物当枕头睡觉，当抹布擦桌椅，并且，天冷的时候，可以塞在被套里增加破棉絮的温度，麻烦的是翻身时总会弄出窸窸窣窣的声音。

当时他又立了一番小小的心愿，希望自己能从推销员变成记者就好了。

因为没有钱注册，他去找"东方夜校"的陆校长，准许他分期交学费。那年，胡适死了，他郑重地前去瞻仰遗容，想起初一逃学，在市立图书馆初读胡先生的《留学日记》，到后来读他的《中国哲学史》，心中竟是以他为老师的，这番看了遗容，也大剌剌地跟着人群去送殡。

大专联考，数学因为做对了一题三角填充，得零点六分，四舍五入，算作一分，这一分很重要，否则其他分数不计。他进了艺专影剧科。其实不但那一分很惊险，更惊险的是他本来根本就不打算再念书了，却因一位父亲的老友吴英荃教授的怜惜，把他从阁楼生涯里抓回来，安顿在台北学苑。这一个转机带来太多幸运，影剧是他从小喜欢的东西，大学里再不逼人了，日子又重新幸福起来。随邓老师接触"俗文学"，连精神都振奋起来了。

依然穷，依然读书。

大学毕了业，他重新回去见父亲一面，住了几天依然走了，走到一个叫"黎和里"的地方，当年那地方鸟多人少，山屋里野鸟站在窗前叫，屋子的主人喜欢打着悠悠的调子说："茫茫人海，随手行方便。"那句话后来一直留在他心里，变成了他自己的观念。

许多年的挫辱，使他渴望做一个强人以为补偿，可是自己身体一向又瘦弱，连打架都不肯一试的小男孩，何从逞强？（既然打不赢，当然就不打。）打人的事生平只干过一次，居然是打老师，设计好了要用橡皮筋大弹老师，却因老师走避而罢，事情的结果是留校察看，就连这生平唯一一次动手，也未得逞。读书至艺专二年级，忽一日觉得不妥，于是专程回建中去正式道歉——并不是因为发现老师是对的，只是发现自己打人是错的。

不喜欢动手的人，凭什么逗英雄呢？他想到了"动口"，至于"动笔"，好像反而是附带的事。曾有一段时间，他很以"伶牙俐齿"为荣，在文教圈里，有老一辈的"四大名嘴"和小一辈的"四小名嘴"，他是"四小名嘴"之一。

当年想做"说书人"，后来终于没成功，但半生以来吃的竟真的是"开口饭"，或做播音员或教书，或教洋人中国文化，他的"事业"全和嘴有关。可是，渐渐地，他开始有更深一层的领悟，与其伶牙俐齿，不如自嘲吧！人世如此无奈，何不调侃自己一番就算了？

很有"女孩子缘"，从十三岁就帮同学写情书，及至到艺专又为影剧、音乐、美术等科女孩代写作文。一向关心稿费的他对这份差事倒是不求报酬的。但交女朋友则不太顺利，一直到遇见陶晓清——那个能干洒脱而又肯温柔踏实的女孩。

当然，那其中或许也另有远因，她是苏州人，那乌篷船的记忆恍惚回来了，多么柔和的春水……及至两人结了婚，生了孩子，他偶然听妻子哼苏州小调哄小孩入睡，眼睛就不禁湿了。

　　和晓清在一起，一向做事拖泥带水的他忽然有了快节奏的决定，竟打算在最短期间结婚。两人一起去国际学舍听音乐会，他事先注意她那几天感冒，有些咳嗽，便藏了一盒喉片在口袋里。及至音乐进行一半，果然天从人愿，晓清咳了起来，他不动声色，把喉片塞过去，据说此事跟求婚奏捷很有关系。

　　对陶晓清来说，这个人真令人不胜惊奇。她自己从小没淋过一次雨，天稍阴了，家里就送雨衣和雨鞋来，这个人却干脆在雨天的急雨里走，因为不喜欢学别人那样缩在檐下，因为一旦淋透了以后，也就不再怕雨了。她从小没挨一次打，他却在"不打不成器"的口号下被姑爹姑妈一人按着，一人执刑。她从来没挨过一顿饿，他却为了逃避毒打每每流连街头，三四天不回家也不吃一顿饭。她听他絮絮叨叨地说个不停，怜惜而讶异。

　　她的父亲惊觉起来，这年轻人是谁？初识两个月，女儿竟要嫁给他，那人不像坏人，却也不像规规矩矩剪裁合度的树，他跑到警察局要求查查此人有没有前科。

　　前科倒没有，被查的人不免吓出一身冷汗。但单纯可爱的准岳父，却很高兴，这人既不是坏人，大概就是好人了，把女儿给他吧！

当真没有前科吗？

从小到大，如果要照命运来说，他不断地遇到"贵人"，或者，说得更平实一点，遇见"好人"。少年穷途潦倒，沦落街头之余，跟"前科"的距离岂不只在薄纸之间？为什么总有好心的同学，同学的父亲，或者朋友，巧至朋友的亲戚——绕着弯子来帮他的忙？或一饭之恩，或一屋之庇，都及时拉了他一把。

除了人，整个社会都在拉着他。

第一个拉着他的是书。父子虽然缘薄，但知识世界的真诚无伪却是他自幼熟知的。知识是权力，知识是尊严，知识有其永恒不移的确凿性，而身为读书人，自有其放眼天下的规模气度。这一点，对他而言，无论如何颠沛失所，却是死不能忘的真理。

第二个拉着他的是全社会的人所共同经营出来的一种氛围。例如小时候坐火车转汽车再加走路，到一个住在穷乡僻壤的同学家去玩，没想到同学家极穷，泥草和的墙，胡乱拼凑的家具，一切简陋至极。奇怪的是看到远方小客人来了，竟也揖让有度，菜虽简而不怠，礼虽少而不慢，笑谈之间绝无寒俭气。他暗自吃惊，原来文化就是一种使人可以穷得如此彻底而不失其尊严的东西。又例如当兵在蚵仔寮，见渔人生涯的朴拙勤苦，其中有一份无言的大定力，令人惶愧不敢不自振。甚至像左营路边一个卖鸭肉面的消夜摊子，竟也题上"爱晚亭"那么美丽的名字，使人感到虽身为市井主人，亦有其无所不在的诗情。或如静夜里墙头危坐，闲听隔壁人家在院子里说书，五千年讲不完的忠孝节义……

所谓没有前科，岂真是自己有什么过人之处，是整个民族文化的大磁场吸住了吧？

要结婚了，竟自庄严正经起来，前去见老父，两个倔强的灵魂乖隔多年，此刻做儿子的为了不让岳父生疑，前去请父亲主婚，心甘情愿地委曲求全。意外的是那终生与石头为伍的老人竟因婚讯而大喜，他兴冲冲地跑去借薪水，为儿子媳妇买家具，又送了一只雷达表给媳妇做见面礼，外加一只照相机。

十二月，轻寒的梨山，早起的新郎摘了满满一大抱红叶，新娘醒来，一枕火灼灼的忘不掉的颜色，多年以后他们还把红叶的拓片当圣诞卡寄给朋友。

然后，是努力做一个播音员，一度也主持"早晨的公园"，不是当年的说书人，然而，也算另一番说书吧？

母校艺专请他去教书，教了几年，竟做起广电科主任来。

当年读不惯教科书而又不擅打架的小男孩现在教起"语

意学"和"口头传播"来，当年的贫穷、赤裸和剥夺铸成了自卑，而自卑又复升华成对自我尊严的要求，他钻研跟"讲道理"有关的学问，并且把跟"道理"有关的种种讲得鞭辟入里，使学生颠倒倾服。他穿干净的长衫，或西装，利落的表情，精纯的声音，不说一句废话，曾经失去的尊严，他要一点点认真地重建起来，他做到了。

写作对他而言几乎是一种把说话加以记录的"话本"，他可以算是一个对语言着迷的人。和说话的条畅自如不同，他的写作是认真而出手迟缓的，其辛辣冷隽处，不让林语堂，例如论演讲，有如下的片段：

忘记是谁的一篇文章里提到，演说是二十世纪人类一大发明，这话我不同意。演说可以是人类的一大发明，却不一定要到二十世纪才有。把一大群人唤到跟前听自己演说，是多么过瘾的事！人类不会笨到等了几千年甚至几万年，才会发现这种价廉物美的享受。

又写生活中贸然撞入的一只野猫，在种种冲突矛盾，穷追死赶之余，终于心慈手软下不了手的曲折：

　　一只野跛猫，跟另一只猫风流之后，毫不犹豫地负起了事后一切沉重的责任。它没有咬牙切齿地露出悲壮，也不哀鸣，只是极其平静地接受了自然的律则，它也真有它的！

　　"只有两只吗？"

　　"没见它再叼来。"

　　我用脚指头拨弄着空空的铝盘子："买点猫食吧，先喂几天。"声音软弱得不像是我的。

　　"已经买了。"太太轻描淡写地回答，宁静得如一尊菩萨。

　　当然，行年渐长，哲学意味是免不了的，在一篇谈"瓶"的文章里，他说遍各种瓶子忽然笔锋一转：

　　有一次，我住在日月潭，清晨起身，沿潭散步，此时潭水与天色碧蓝如海，晨曦自天际浮云中隐隐透出，水面上一阵阵薄雾疾逝而去，山树在昏蒙中也是一片墨绿，这时我但觉自己置身天地的大瓶子里，通体也染上了湛蓝，除了悚然惊惧于如此的苍凉外，不

觉也有几分悲哀，想到茫茫大千，实际上也不过是一
个我们永远跳不出去的瓶子。

令人思之味之，欣然神会中亦有其怅然。
他的散文为他带来了中山文艺的散文奖。

有一方父亲使用了三十年的方砚，他曾有意要来作为
结婚礼物，但略一犹疑，想再过一个礼拜开口不迟，不意第
二周砚台竟消失了，原来父亲的一位故旧来访，见到是故乡
水岩所制，一时乡心大动，父亲便慨然相赠了，他只能怅怅
跌足。

三年前，父亲撒手而去。

和在大陆的母亲联络上，她托人带了两锭古墨来，黑沉
精巧，淡淡的玄色的芬芳。他想起多年前内侧写着"弟弟"
的那件柔软的绒布睡衣，然而，又能如何呢？一别三十年，
虽被朋友说成名嘴，一时也竟无言了。如果当年把父亲的方
砚要来就好了，桌上如果能有父亲的砚和母亲的墨也算一场
小小的补偿性的聚合，然而，毕竟那方砚也流入茫茫人海里
去了。

终于懂得释然，懂得感谢，懂得珍惜，他为自己修了个

年谱，自己加了段话：

> 与朋友交，每多任情任性，偕妻儿处，复得相让相忍。因厄快意相参半，有事无事尽平安，天固未绝我，亲友陌路尤未绝我，若有数则命好，无则天地人群好。料此生无以为报，唯愿不弃绝于君子，得徜徉于大化。

走着走着，他仿佛又复是当年苏州城中乌篷船里看桃花的小男孩，人世间一片好风好水，沉静的大黑眼睛放心地望着一程一程的波光，一程一程的歌声和橹声，有土的地方便有路，有水的地方便有航，人生，还能再求什么呢？

> 后记：也许，读完了长长的故事你会忽然想起一件事——他，故事中的主角，叫什么名字？他叫马国光，笔名叫亮轩。当然，他还有其他笔名，甚至，他也有另外的"本名"（当年母亲给的），但这一切都不重要，重要的是那人结实而顶真地活了过来，在人世的霜寒和春风里。

后 记

家里装了一架古怪的新式电话，听筒里传来的声音奇大，有麦克风的效果。那天隐地（尔雅出版社的社长）打电话来，声音便是如此夸张凶悍。

"我帮你算过了，你的字数够出一本书了。"

"不行的，你不知道，散文作者很可怜的，"我委委屈屈地说，"不像写小说的一写万把字，集合六七篇就可以成一本书了。我们写了二十篇三十篇还不够一本呢！"

"够的，有个年轻朋友，很热心，他把你的文章都剪了，连你自己忘了的，他都收了……"

"不是的，我知道，不够的，譬如说，真你看到'并肩'那个专栏，我是想，等我有空，我要把它写成一本书，还有我在香港，也有好多可写的，应该也是一本，另外，我最近还有一个构想……"

"我知道，但是有一句话，我说了，你别生气，你这人兴趣太广，像个顽童，你那些构想要等成书，不知等到哪一年，因为你手里虽然做着这一件，忽然又想到那一件，你这样走走停停玩玩，我们要等出你的书要等到什么时候……"

老朋友了，挨骂一句"顽童"倒也罢了，气人的是这时丈夫忽然下班回来，我说过，那电话有麦克风效果，对方的声音如雷贯室，丈夫神色怪异地说：

"什么，怎么你变成了顽童？"

我一时红涨着脸，心里想，嘿嘿，我要好好发威给你们瞧瞧，今晚就来写，我工作起来可也像模像样的，哪里是什么顽童？于是那两天果真发愤雪耻，趁着兴头，连写了三篇《矛盾篇》，一掷下笔，老毛病又来了，我在电话里说：

"散文是写了一些，不过不适合放在书里，因为我觉得那又是一个系列啦！"

话一说完，立刻发觉自己果真就是对方说的顽童，虽然费尽心力写下三篇东西来证明自己多么努力，不意仍然在陷入"新构想"的"老漩涡"里，当下不免惭愧起来。

好在隐地也是老友了，他很体谅地说：

"这样好了，如果你将来要出旅行香港的专书或者《矛盾篇》的专书，我都答应你把文章拿回去，但现在你还是先给我，不然不知要等到哪一天。"

真是贪心，我暗暗骂自己，不过，终于也原谅自己了。我虽东写写西描描，却因懒惰一时并无意出书，出书是出版社的贪心，是隐地想出尽天下书的贪心，而不是我自己的贪心。

文章拉拉扯扯分成六辑，其中有必要稍做说明的是第三、四、五辑。

第三辑"四梦"，是仿明代戏曲家汤显祖的"四梦"（他的五本作品中《牡丹亭》《邯郸记》《南柯记》《紫钗记》四本都和梦境有关，合称"玉茗四梦"，"玉茗"是汤氏的字），我自己对记梦也有自偏自爱的意思，只因相信梦里另有一个我，幽艳玄秘、我自己知之亦不深的我。

第四辑是记香港之行，那是一九八三年九月到一九八四年二月之间的事，可惜因为事忙，不能把详情一一写出，也许有一天，我会写出那一个耀眼的秋天。

第五辑"丽人行"似乎有点往自己脸上贴金的味道，丽人原是杜甫笔下宫廷女子，我却拿这个题目来记自己和女友之间的旅行以及所行，"丽人"在此不再指美女，指丰沛流丽的、在生活着的女人。

出书于我，兴奋的成分已极少。其实，所谓作者也不过是个喋喋不休的孩子，喜欢把一日发生的大小故事说给人听，当然，也包括心事。

请接受我的感激——你，这驻足听我说话的人。